あやかし鬼嫁婚姻譚
～選ばれし生贄の娘～

朧月あき Aki Oboroduki

アルファポリス文庫

https://www.alphapolis.co.jp/

目次

第一章　鬼の生贄（いけにえ）

ドンッ！

光沢のあるローファーに勢いよくお腹を蹴られ、花菱里穂（はなびしりほ）はしりもちをついた。

手から落ちたペットボトルが、芝生の上を転がる。

「どうしてレモンティーを買ってくるのよ！　ミルクティーって言ったでしょ！」

痛みに耐える里穂を高圧的な態度で見下ろしているのは、妹の麗奈（れな）だ。

妹といっても、里穂と麗奈は同じ十六歳。血の繋（つな）がりはない。

砂糖菓子のような甘い顔立ち、榛色（はしばみいろ）の瞳と薄茶色の波打つ髪を持つ麗奈には、生まれ持った華やかさがある。

一方の里穂は、これといった特徴のない顔立ちに、黒い瞳と真っすぐな黒髪。地味を突き詰めたような容姿で、本当の姉妹でないことは一目瞭然（いちもくりょうぜん）だった。

昼休みの今、校舎裏に位置するこの芝生広場では、大勢の生徒達がお弁当を広げている。騒ぎに気づいた彼らの視線が、一斉にこちらに集中した。

「相変わらず、役に立たない女ね！」

「ごめんなさい……」

蚊の鳴くような声で、里穂は謝った。

「なに？　聞こえなーい」

「三歳児でもできるおつかいじゃない。これだから無能な人は困ったものね」

みじめな姿をさらす里穂に、麗奈の取り巻きの女子達がクスクスと嘲笑を浴びせる。

自分に非がないことが分かっていても、麗奈の〝下僕〟である里穂は、反論できる立場にない。こういうときは、ひたすら謝る以外すべがないことを、もう嫌というほど知っていた。

うつむき、制服のプリーツスカートを見つめながら、嵐が過ぎ去るのをいつものようにじっと待つ。

「さっさと買い直してきて！　本当はあなたが触ったものに触れるだけでもイヤなのよ。それなのにこうして挽回の機会をもらえてありがたいと思いなさい！」

麗奈は声高に言い放つと、くるりと踵を返して校舎の方に去っていった。

取り巻きの女子達も、里穂に侮蔑の視線を残して、ぞろぞろと麗奈のあとに続く。

ひとりその場に取り残された里穂は、そこかしこから聞こえるヒソヒソ声を耳にしながら立ち上がると、転がったペットボトルを拾おうとした。

だが、一足先に伸びてきた手にかっさらわれる。

里穂が拾うはずだったペットボトルを手にして立っていたのは、麗奈の双子の弟の煌だった。

姉によく似た、癖のある薄茶色の髪と、輝く榛色の瞳。

甘い仔犬顔でにこっと笑い、無邪気に小首を傾げてくる。

「里穂、大丈夫？　麗奈がまたいじわるしてごめんね」

とたんに、辺りにいた女子生徒達がキャーッと黄色い声を上げた。

「煌くん、天使！　あんな女を助けるなんて、なんて心優しいのっ！」

「美少年なうえに心まで清いなんて、どこまで尊いのかしら！」

人懐っこく優しい煌は、この学校の女子のアイドル的な存在だ。

「あ、ありがとう……」

里穂は、恐る恐る差し出されたペットボトルを受け取ろうとした。

そのとき、わずかによろめいたせいで、煌の靴に足先が当たってしまう。

にこにこと微笑む彼の顔が一瞬だけ凍り付いたことに気づいて、里穂は青ざめ、ペットボトルを受け取るなりその場を離れた。

かつて、あやかしすらひれ伏したという花菱家の血の恐ろしさを、今日も今日とて身に染みて感じながら——

あやかし界と人間界。

この国は、異なるふたつの世界から成っている。

古くから、人間はあやかしの悪行に悩まされてきた。

特異な能力を持ち、力も強いあやかしは、非力な人間にとって脅威以外の何物でもない。

だが、約三百年前。ある大名が、あやかしの帝を説き伏せ、人間界でのあやかしの悪行を一切禁じるという約束を得た。

それ以降あやかしはピタリと悪さを働かなくなり、人間界には平和が訪れる。

人間達は彼にたいそう感謝した。

その誉れ高き大名の血を引いているのが、花菱家だ。

社会的地位、財力ともに申し分なく、おまけにそろって容姿端麗。誰もが一目置く一族である。

だが、そんな花菱家のなかで、里穂だけが特異だった。

里穂は、十歳のときに養護施設から花菱家に引き取られた養女だ。

身寄りがなく、見た目も地味な里穂を、花菱家の人間は蔑み見下した。

養母の蝶子は里穂を使用人のように扱い、必要なものすら満足に買い与えない。

そのため里穂は、もう何年も同じ服を着回している。薄汚れ、綻んだ箇所を繰り返し繕っているため、生地はヨレヨレだ。

『なんてみっともないの、花菱家の恥ね』

『ちょっと、近寄らないでよ！　一緒に歩きたくないわ』

蝶子と麗奈は、そんな心無い言葉を投げつけ、ぼろ雑巾のような成りの里穂をますます嫌悪した。

それでも、麗奈のたっての願いで、彼女と同じ、良家の子女御用達の名門高校に通っている。

そんな麗奈を、姉思いの優しい子だと、蝶子は声高に誉めそやした。

だが麗奈の真の目的は、学校でも里穂を下僕扱いし、利用することだった。

使い走りとして物を買いに行かされるのは日常茶飯事で、水をかけられたり、物を隠されたりといった、小学生並みの嫌がらせも毎日のように繰り返されている。

それだけではない。

男遊びが激しく、自分の友人の彼氏とことごとく関係を持っている麗奈は、浮気がバレそうになるたびにその罪を里穂になすりつけた。相手の男も麗奈を恐れて真実を言わないので、里穂は男狂いのふしだら女というレッテルまで貼られている。

そのため、校内で里穂が麗奈にいびられているのを見ても、皆助けたりかばったりはしない。

むしろ、『ふしだら女を諫（いさ）める正義感溢（あふ）れる妹』と麗奈を称えていた。

そんな状況下でも、里穂は、皆に真実を伝えようとは思わなかった。

十歳の頃からひたすら存在を否定され続けているため、悲しいかな、みじめさが体に染みついているのだ。最近は、いびられるのを当然のようにすら感じている。

それに、たとえ真実を口にしたところで、皆、里穂の言い分など信じないだろう。学園の汚点のような里穂と、蝶よ花よともてはやされている麗奈なら、誰しも麗奈の肩を持つ。

一方の煌は、姉の麗奈と違って里穂に優しく、皆から天使と呼ばれて愛されていた。けれども、それはあくまでも表向きの姿なのである。

夕方の花菱家。

いつものように使用人にまじって夕食の支度をしていた里穂は、食材を取りに裏庭にある貯蔵庫に向かっていた。その途中、背後からいきなり髪をむんずと掴まれる。

そして、貯蔵庫の裏に無理やり引きずりこまれ、力任せに壁に押しつけられた。

『天使』という呼び名からは考えられない、醜悪な顔をした煌が目に映る。

「おい、どうしてくれるんだよ。靴が腐っちゃっただろ？　俺に触っていいって、いつ言った？」

昼休みのとき、里穂の靴が彼の靴に触れたことを非難しているのだ。

煌は、表では里穂をいたわっているが、裏では他の誰に対するよりも尊大な態度をとっていた。そして、こうやって誰もいない隙を狙って里穂をつかまえ、執拗にいびり倒す。

これも、花菱家に来た頃から繰り返されてきたことだった。

「ごめんなさい……」

壁に押しつけられた際に頭をぶつけ、ヒリヒリと痛みが走る。追い打ちをかけるように、煌が彼女の胸倉を荒々しく掴んだ。

「舐めて、キレイにしろよ」

「え……？」

「害虫のお前にできることなんてそれくらいだろ？　分かったんならさっさとやれ」

乱暴に放り出され、里穂は地面に倒れ込んだ。

痛みに顔を歪める里穂の目の前に、上質な黒のローファーが突きつけられる。

「ほら、さっさとしろよ」

靴先で顎を二度三度つつかれ、里穂は尻込んだ。

だが、抵抗しようものなら、煌はいっそう嫌がらせをしてくるだろう。彼のそういった陰湿ないびり方は、麗奈の露骨なやり方よりもある意味タチが悪い。

里穂は心を無にして、靴先に顔を近づける。

そっと舐めると、なんともいえない苦い味が口の中に広がった。

「本当に舐めてやがる。きったねー」

ヒイヒイと声を震わせながら、煌が笑う。

「家畜でも靴なんか舐めないぞ。お前は畜生以下だな！　ほら、もっと舐めてキレイにしろ」

喉を蹴られ、里穂は咳き込んだ。

だがすぐに、彼の言うとおり、丹念に靴に舌を這わせる。喉の奥からぐっと吐き気が込み上げたが、バレないように呑み込んだ。

生気のない目で必死に自分の靴を舐める里穂を、煌は嘲笑を浮かべながら眺めている。

そのとき――

「煌、どこにいるの～？　一緒に買い物に行く約束してたでしょ～？」

愛猫を呼ぶような甘ったるい麗奈の声がした。

肩を揺らした煌は、跪いている里穂の腕を力任せに引き上げる。

無理矢理立たされた里穂は、そのまま煌の胸に引き寄せられた。それから、両腕を彼の背中に強制的に回される。

とっさに逃げようとしたが、煌の腕がそれを許しはしなかった。

同時に、貯蔵庫の陰から麗奈が顔を覗かせる。

里穂が煌に抱き着いているように見える光景を前に、ブラコンの麗奈はあきらかに動揺していた。

「ちょっと、何してるのよ……！」

すると頭上から、グスン、と鼻をすする音がする。

先ほどまで醜悪な嘲笑を浮かべていたはずの煌が、いつのまにか天使の顔に戻って、ポロポロと涙をこぼしていた。

「里穂に迫られたんだ。働いてばかりで心配で、ただ声をかけただけなのに。まさか、こんなことされるなんて……」

「あの、これは……」

さすがに反論しようとした里穂の声を遮るように、煌が「ううっ！」と大きな嗚咽を響かせる。そして、両手で顔を覆ってさめざめと泣きだした。

その様子を見た麗奈は、般若の形相でわなわな震えている。

「このアバズレ女！　煌に手を出すなんて信じられない！」

麗奈は喚き散らすと、愛してやまない弟から里穂を引き剥がし、突き飛ばした。栄養不足のせいで平均体重よりも著しく軽い里穂の体は、あっけなく地面に転がる。

衝撃で肘や膝をすりむき、じくじくとした痛みが全身に走った。

「おーよしよし、怖かったわね。お姉様が来たから、もう大丈夫よ」

肩を震わせている煌を抱き締めると、自分によく似たその薄茶色の髪をいたわるように撫でる麗奈。それから、まるで汚物を見るかのごとく里穂を睨んだ。

「ママに言いつけてやるんだから！　覚悟なさい！」

麗奈に抱き締められている煌が、嗚咽をこぼしつつも意地悪く口角を上げたのが、地面に這いつくばっている里穂にだけははっきり見えた。

曇天の夜空から、はらりはらりと冷たい雪が降っている。

花菱家の裏門前にうずくまり、里穂はひとり震えながらその情景を眺めていた。

あのあと、蝶子にこっぴどく侮蔑の言葉を浴びせられ、繰り返し頬をはたかれた。

あげく、罰として着の身着のまま外に放り出された。

寒空の中、屋外で夜を明かせというのである。

学校から帰宅してすぐに夕食の手伝いをしていた里穂は、ブレザーの制服姿のままだ。

十二月に入ったばかりといえ、今宵は凍えるほど気温が低い。プリーツスカートの下は素肌で、すでに何時間も冷気にさらされているため、もはや感覚がない。かじかんだ手も、何度息を吹きかけようともとに戻らなかった。

それなのに、すりむいた肘と膝、それからはたかれた頬の痛みだけは消えてくれない。

どんな仕打ちを受けようと、もう悲しくない。

怒りの感情も湧き起こらない。

それは、花菱家で生き抜くために、里穂が身につけた技のようなものだった。

悲しみや怒りを封じ込め、空っぽの器のようになってしまえば、何をされても言われても傷つかないから。

むしろ今日は、心が弾んですらいる。

明日が里穂の誕生日だからだ。

(明日はきっと、お父様にお会いできるわ)

麗奈と煌の実父にあたる花菱家当主——里穂の養父である稔（みのる）は、毎年誕生日に、何かしらのプレゼントをくれた。

麗奈への豪華なプレゼントとは違い、ハンカチなどの小物ばかりだったが、それでもあらゆる人々からないがしろにされている里穂にしてみれば特別で、天にも昇る心地だった。

稔の存在だけが、里穂の心の支えだ。

いや、稔だけではない。もうひとり——

「里穂」

頭上から声が降ってきて、必死に寒さに耐えていた里穂は顔を上げる。

薄水色の傘を手にした、肩までの黒髪の少女が、うずくまる里穂を見下ろしていた。

眼鏡（めがね）の奥の瞳が、心配そうに揺らいでいる。

「亜香里（あかり）……」

「また外に出されているんじゃないかと思って、様子を見に来たの。心配でしょっちゅう来ちゃうんだ。でも、今日は来てよかった」

亜香里は、里穂の同級生であり、親友だ。

亜香里の存在に、里穂は今まで何度も救われてきた。

近所に住んでいる亜香里と出会ったのは、里穂が花菱家に来て一年目の頃だった。

今と同じように寒空の中放り出されていたところを、優しく声をかけてくれたのだ。

それ以来、いつも里穂を気にかけ、またひどい目に遭っていやしないかと、時折花菱家の近くまで様子を見に来てくれた。亜香里は、麗奈が里穂にしていることも、煌の素顔も、すべてを知っている。

「こんなところにいたら凍え死んじゃうよ。私の家に行こう」

亜香里は、里穂を自宅に連れ帰ってくれた。

一般的なサラリーマン家庭である亜香里の家は、二階建ての一軒家だ。

深夜にもかかわらず、入浴させてもらい、熱々のおでんまでご馳走になって、凍えていた里穂の体はすっかり温まった。

濡れた制服は、亜香里のお母さんがドライヤーで乾かしてくれた。亜香里の家族も里穂の事情を知っていて、いつだって歓迎してくれる。

部屋着を貸してもらい、シングルベッドにともに入った。

「本当にありがとう。──いつも、こんなありきたりのお礼しか言えなくてごめんね」

「そんな堅苦しいこと言わないで！　友達でしょ？」

親友の笑顔を見て、里穂も久しぶりに微笑んだ。

亜香里は、学校でも里穂の味方でいてくれる。

結果としてリーダー的存在の麗奈に歯向かうことになり、里穂と同じくほかの生徒達から冷遇されていた。

それでも、亜香里は里穂から離れようとはしなかった。

自分に関わると立場が危うくなるからと拒んでも、意に介さない。

そんな亜香里の真っすぐな優しさと強さを、里穂は心から尊敬している。

弱くてみじめな自分にはないものだから──

「それにしても、本当にひどい人達ね。こんな寒い日に外に追い出すなんて、信じられない」

亜香里が、語気を強めて言った。

「やっぱり、あんな家出て、うちで暮らそうよ」

そう誘ってくれた亜香里に、里穂は遠慮がちにかぶりを振る。

里穂には、あの家を離れたくない理由がある——稔の存在だった。

七年前、養護施設で初めて稔に話しかけられたときのことを、今でもはっきり覚えている。

『君と家族になりたいんだ。花菱家の娘になってくれないか？』

親の顔すら知らずに育った里穂にとって、それは夢のような言葉だった。

家族など、それまではお話の世界のことだと思っていたから。

やっと手に入れた、憧れの家族。

決して想像どおりではなかったけれど、稔だけは、今でも里穂を家族の一員として必要としてくれている。そうでなければ、誕生日にプレゼントをくれたりはしないだろう。

自分を家族と呼んでくれた彼を裏切るような行為だけはできない。

「悪いのは私の方なの。だから、もっと頑張ってみるね」

里穂が弱々しくてみじめだから、稔以外の家族に嫌われているのだ。

麗奈のように愛らしく活発な少女だったら、状況は違っていたはず。

稔の期待どおりにできなくて、申し訳なく思っている。

「そんなわけないでしょ！　里穂は充分いい子だよ！」

「そうかな？　ありがとう」

里穂は力なく微笑んだ。どんなに否定されても、里穂がみじめなのは変えようのない事実なのに、亜香里はいつも否定してくれる。それほど優しい子なのだ。

「……とにかく、今日はもう寝よう。明日早起きして、裏門に戻ればバレないでしょ？」

「うん、そうだね。いつも本当にありがとう」

「だからそういうのいいってば。おやすみ、里穂」

「おやすみ、亜香里」

目を閉じ、心の中でもう一度亜香里に感謝する。

それから、再び稔のことを思った。

（明日は、どんなプレゼントをくださるのかしら）

おこがましいと思いながらも、期待で胸が高鳴る。

一年に一度の誕生日を支えに里穂は生きていると言っても過言ではない。

(お父様に、早くお会いしたい。最近は、まったく会えていないもの)

——そのときの里穂は、わずか一日のうちに、淡い期待が見事に打ち破られ絶望に落とされるとは、想像もしていなかったのである。

翌日、里穂は十七歳の誕生日を迎えた。

思ったとおり、就寝前に稔の部屋に来るよう、使用人づてに伝えられる。

期待に胸を弾ませ、里穂はいそいそと奥座敷に向かった。

「里穂です」

「入りなさい」

「失礼いたします」

襖を開けると、十畳二間続きの和室の最奥に座した稔が、口元の髭を撫でながら笑みを向けてきた。橙色の四角い行燈だけがたよりの部屋はひどく薄暗い。壁に添って置かれた衣文掛けには、まるで死に装束のような真っ白な着物が掛けられていた。

「やあ、来たね」

「お久しぶりです、お父様」

「ああ。なかなか会えなくて申し訳ない。仕事がちょっと立て込んでいてね」

多忙な稔が、この屋敷にいることはほとんどない。久しぶりに稔に会えて、気持ちがいつになく昂っているのを里穂は感じていた。

「今日は、お前の十七歳の誕生日だったな」

「はい」

里穂は、はにかみながら微笑んだ。

「覚えてくださっていて、嬉しいです……」

「当たり前だろう。私が娘の誕生日を忘れるわけがない」

「はい……」

慣れない笑みを浮かべる里穂を、稔がにこやかに見つめている。

けれども彼が次に発したのは、里穂がつゆほども想像していなかった言葉だった。

「そこで、だ。今日を最後に、里穂にはこの家を出ていってもらいたい。もちろん、花菱家の娘としてだ」

里穂は一瞬、稔が何を言ったのか理解できなかった。

例年のように、おめでとうの言葉とともに、何かしらのプレゼントをもらえると思っていたから。

「……娘として、家を出ていく……？」

動揺で、声が震える。

ひょっとして、悪い夢でも見ているのだろうか？

当然とばかりに、稔が大きく頷いた。

「そうだ。これまでの経緯を話そう。なに、難しい話じゃないから安心しなさい」

放心状態の里穂を意に介することなく、稔は淡々と語り始めた。

かつて、花菱家の当主は、あやかしの帝を説得し、人間界におけるあやかしの悪行の一切を禁じた。

一般には知られていないが、その裏で、実は他にも約束が交わされていた。

それは、百年に一度、人間があやかしに生贄(いけにえ)をささげるというものだった。

人間の言うことを聞く代償のひとつとして、あやかしの帝が要求したらしい。

そして今年が、そのちょうど三百年目に当たる。

ただし、生贄(いけにえ)は誰でもいいわけではない。

花菱の名を語る者。そして若い娘。

それが、あやかしの帝が所望した生贄の条件だった。

「だから私は、麗奈が生まれたとき、絶望したのだよ。ちょうど三百年目を迎える年に、麗奈はうら若き乙女に成長しているわけだからね。男だったらよかったのにと、どんなに悔やんだか」

そのときの気持ちを思い出すように、稔が苦渋の表情を浮かべる。

「だが、あるとき気づいたのだ。なにも麗奈である必要はない。花菱家の娘を、もうひとり増やせばいいのだと」

声高に放たれた稔の言葉を、里穂は心ここにあらずのまま聞いていた。

「……つまり私は、麗奈の代わりに生贄になるというわけですか？」

「そういうことだ。理解が早くて助かるよ」

いけしゃあしゃあと答える稔が、得体の知れない怪物のように思えてくる。

天涯孤独の里穂を家族と呼び、優しく接してくれた恩人。

そんな彼に抱いてきた親愛が音を立てて崩れ、ズタズタに引き裂かれた心だけが残された。

（そっか、そうよね……）

前々から、違和感は抱いていた。

稔は目の前で里穂が理不尽にぶたれていても、まるで見えていないかのように振舞っていた。亜香里のように、手を差し伸べてくれたことなど一度もない。

だがその理由を探ったら、自分を保てなくなる気がして、里穂はわざと考えないようにしてきた。

とどのつまり、生贄（いけにえ）に過ぎない里穂の扱いなど、稔にとってはどうでもよかったのだ。

来るべき日に備え、家畜のごとく、ただ飼っていただけなのだから。

かわいい愛娘、麗奈を守るために――

（そういえば昨日、煌から家畜以下の扱いを受けたっけ）

こんな状況だというのに、喉の奥に笑いが込み上げる。

（ああ、もう。何もかもがどうでもいい……）

「理解できたなら、そこの着物に着替えて、裏山の社殿に向かってくれ。案内は用意してある」

「――はい」

稔という心の支えを失った今、里穂にはもう、生きる気力などなかった。

そして意思を持たない人形のような目で、彼の指示に従ったのである。

花菱家の裏手には、標高七十メートルほどの、丘と見まがう山がある。

入口には、呪符のような紙が大量に提(さ)げられた木が鬱蒼(うっそう)と茂り、昼夜問わず、不気味な雰囲気を放っていた。

花菱家の私有地であるそこは、当然一般人の進入が禁止されており、一族ですら限られた人間しか入れない。

もちろん里穂も、今まで一度も足を踏み入れたことがなかった。

白い着物に着替えると、巫女(みこ)のような恰好をした見たことのない老婆が部屋に現れた。どうやら、彼女が案内人のようだ。

屋敷の裏口から山の入口へと導かれる。

ひと言も言葉を発さない老婆の後ろに従い、里穂は雑草の生い茂る山道を進んだ。

闇は深く、空に浮かぶ蜜柑(みかん)色の月の明かりだけが、唯一の道しるべだ。

やがて、山の中腹に、朽ちかけた小さな社殿が現れた。老婆に促(うなが)されるまま、社殿の中へと入り込む。里穂が板の間に座り込んだのを見届けると、老婆は扉を閉め、何も言わずに立ち去った。

窓のない社殿内は、右も左も分からないほど真っ暗だ。そのうえ身を切るように寒い。

そのため、里穂はひっきりなしに震えていた。

生きる希望を失った今、生贄（いけにえ）として命を奪われるのは怖くない。

心残りは、亜香里だけだ。

（亜香里、大丈夫かな……）

里穂の突然の失踪を、稔はうまく取り繕（つくろ）うだろう。

だが、学校で亜香里はひとりになってしまう。

そうなると、麗奈の標的が、里穂から亜香里に移るのではないだろうか。

亜香里にはあれほど助けられたのに、助けてあげられないなんて。

里穂は、非力な自分をことごとく呪った。

――こんな役立たず、あやかしの生贄（いけにえ）になって食べられるくらいがちょうどいい。

どれくらい、時間が過ぎただろう。

震えながらそのときを待っていた里穂は、ふいに異変に気づいた。

底冷えの寒さが、いつの間にか消えているのだ。

暑いわけでも寒いわけでもない、感じたことのない温度感。

違和感に戸惑っているうちに、ギイ……と扉の開く音がした。

ただし、里穂が入ってきた扉とは反対側から。

入ったときはたしかに壁だったそこに、いつの間にか扉が出現している。

開いた扉の先には、青白い光がぼうっと見えていた。

（ここが、あやかしの世界……？）

「どうぞ、こちらに」

判断をつけかねていると、青年のような声がした。

里穂は這（は）うように板の間を進み、恐る恐る扉の向こうを覗き込む。

社殿の外には、だだっ広い平地が広がっていた。夜だったはずの空は、夜明けのような色に染まり、辺り一面霧が満ちている。等間隔に石灯篭（いしどうろう）が並ぶ砂利道の先には、黄金色に輝く広大な和風の屋敷があった。

「あちらの御殿で、朱道（しゅどう）様がお待ちしております」

横から声がして、ハッと顔を向けると、女性的な面立ちをした、色白の美しい男がいた。見た目は、二十代前半といったところか。銀色の瞳に、指通りのよさそうな銀色の髪、生成り色の作務衣のような衣服に身を包んでいる。片方の耳では、真鍮の玉のついた細長い耳飾りが揺れていた。

けれども里穂の目を釘付けにしたのは、男の美しい容姿や時代錯誤な装いではなく、頭から生えた二本の角だった。

(これが、あやかし……)

ごくり、と唾を呑み込む。

男の方も、物珍しげに里穂を見つめていた。

緊迫した空気が、ふたりの間に流れる。

けれども張り詰めた空気は、男がでれっと顔を崩すと一変した。

「いやあ、どんなお嬢さんが来るかと思いきや、めちゃくちゃかわいいじゃないですかぁ。朱道様ついてるなぁ、いいないいな～」

すぐにでも取って食われるのではないかと身構えていた里穂は、男のチャラついた態度に拍子抜けする。

男はなおも、ベラベラと喋り続けていた。

「なんかいい匂いするし、超幸運ですよ。前のときなんかどえらい醜女が来て大変だったたって話なのに。もし今回もそうだったら笑ってやろうと思っていたけど、うらやましいったらありゃしない。あ、もちろん前の帝のときの話ですよ！　それから、申し遅れました。僕、朱道様の側近の雪成と申します。以後、お見知りおきを」

「あ、はい……」

なんだかよく分からないが、あやかしは、思ったよりも怖い生き物ではなさそうだ。今から食われる身でありながら、そんなことを思うのもおかしな気がするけれども。

「さ、どうぞこちらへ。朱道様がお待ちかねです。お嬢さん見たら、かわいさのあまり腰抜かすんじゃないですかねぇ。えへへ、楽しみだなあ」

「少々お待ちくださいね。すぐに来られると思いますから」

雪成が御殿と呼んだ屋敷の一角、荘厳たる和風庭園を臨む一室に通された里穂は、緊張の面持ちで正座をしていた。

床の間に色鮮やかな牡丹の掛け軸が飾られた、高級旅館のような和室である。清涼感に満ちた井草の香り漂う畳は、ささくれひとつなく、隅々まで掃除が行き届いていた。

「ここで待つように告げたのに、朱道様、いったいどこに行ったんでしょう？」

里穂の斜め後ろに雪成が座し、腕を組みながら小声で文句を言っている。

彼の口ぶりから考えるに、どうやら里穂は、朱道というあやかしの生贄になるようだ。

おそらくその朱道なるあやかしが、この世界の帝なのだろう。

（どんなあやかしなのかしら……？）

覚悟などとっくに決まっていると思っていたのに、今更のように恐怖心が込み上げる。

そのときだった。

襖が急に乱暴に開き、里穂はビクッと首を縮ませた。

まがまがしい二本の角を生やした背の高い男が、戸口に立ち、威圧的に里穂を見下ろしている。

見た感じは、二十代半ばといったところか。

切れ長の目に薄い唇の、端整(たんせい)な顔立ち。濃紺の着物を纏(まと)った体躯は筋肉質だがスラリとしていて、匂い立つような男らしさを放っている。

そして何よりも、里穂の目を奪ったのは、その燃えるように赤い髪と赤い瞳だった。

まるで烈火の中から生まれたような男である。

(彼が、私を食べるあやかしの帝……)

「主上。こんなにかわいらしいお嬢さんを待たせて、いったいどこに行かれていたのですか？」

不服そうな雪成の声を無視して、朱道はドカッと里穂の前に胡坐(あぐら)を掻(か)いた。

ひどく機嫌が悪そうだ。

——見れば見るほど、美しい男だと思った。

彼こそがあやかしの頂点に君臨する男だと、体中の細胞が察している。男にはそういった、そこにいるだけで森羅万象(しんらばんしょう)を従えてしまうような、圧倒的な魅力があった。

気づけば里穂は、彼に向かって深々と首を垂れていた。

自分を取って食うのが彼ならいいと、本能が言っている。

みじめな人生だったが、彼の体の一部になれるのなら、本望とすら思う。

「――どうぞ、お好きなところからお食べくださいませ」

顔を上げ粛々と声を放てば、朱道の体がピクリと揺れた。

怪訝そうにこちらを見る、赤の瞳と目が合う。

雪成が、背後でプハッと盛大に噴き出した。

「お嬢さん、何か勘違いをしていませんか？　朱道様は、たしかに見た目は怖いですが、人間を食べたりはしませんよ」

「え……？　でも、私は生贄なのですよね？」

「生贄？　ははあ、長い年月が経つうちに、人間達が勝手に解釈を変えてしまったようですね。そもそも人間って、ひどい味なんですよ。少なくともどう味つけしても、僕にはムリでした。人間達の自意識過剰具合には呆れてしまうなあ」

聞き捨てならない台詞を吐きながら、雪成が温和な笑みを浮かべる。

「あなたは生贄ではなく、朱道様の嫁として迎えられたのですよ」

「よめ……？」

つまり生贄というのは解釈の行き違いであって、すぐに命を奪われるようなことはないらしい。肩の荷が下りたのはたしかだが、だからといって嫁になれと言われても、受け入れられるものではない。

相変わらず仏頂面の彼は、今度は里穂と目を合わそうとすらしなかった。

（こんな人の嫁なんて絶対ムリ……）

先ほどは、絶対的なオーラを放つ彼になら、食べられてもいいと本気で思った。

けれども、嫁となると話は別だ。何のとりえもない自分が彼の伴侶になるなど想像もつかないし、見たところ、彼の方でも里穂を歓迎している様子はない。

案の定、朱道が重いため息を吐いた。

「俺は、お前を嫁にするつもりなどまったくない」

――ほら、やっぱり。

わけの分からない縁談に納得がいっていないのは、彼も同じだったようだ。

プイッとあさっての方向を見ている朱道に、雪成がなだめるように言う。

「ですが、三百年前からの取り決めですから」

「知るか。前の帝が決めたことだろう？　俺は嫁などいらん、人間界に送り返せ」

「まあまあ、よく見てくださいよ。めちゃくちゃ美しいお嬢さんじゃないですか」

「美しくなどない。体つきも貧相だし、魅力のかけらも感じない。お前の目は節穴か」

（ひど……。ていうか雪成さん、ハードル上げないでほしい）

自分の容姿に自信などないが、初対面の相手に面と向かって否定されるのはさすがにこたえる。

「えええっ⁉　こんなかわいらしいお嬢さんを前によくそんなことが言えますねっ⁉　あなたの目こそ節穴でしょうっ⁉　頭沸いてるんですかっ⁉」

「うるさい、黙れ雪成。とにかく、そいつはなるべく早くに送り返せ」

吐き捨てるように言うと、朱道は立ち上がり、乱暴に襖を開けて部屋をあとにした。

「困ったお人だ」

雪成が、思案顔でブツブツ言っている。

そして里穂と目が合うと、気まずそうに瞳を揺らめかせる。

「……ということなので、僕は泣く泣くあなたを人間界に送り返さなければなりません。まったくあの堅物にも困ったもんだ」

（また、人間界に……？）

雪成の言葉に、里穂はぞっとした。

里穂を蔑むときの、蝶子、麗奈、煌の顔が順々に頭に浮かぶ。

唯一の支えだった稔にもっとも残酷なやり口で裏切られた今、もはやあの家に里穂の居場所はない。いや、里穂が知らなかっただけで、ハナからそんなものはなかったのだ。

（花菱家には戻れない。戻りたくない）

亜香里の家で暮らすという手もあるのかもしれないが、花菱家の人間に知られたら、何をされるか分からない。花菱家には、一般家庭をわけなくつぶせるほどの権力があった。

思い悩んだ末、里穂は、雪成に向けてガバッと頭を下げる。

「どうか、私をこの屋敷に置いてもらえないでしょうか？　掃除も洗濯も、何だってします。私にはもう、帰る場所がないのです……」

「え？　ちょ、顔を上げてくださいよっ！　僕には、かわいい子に頭を下げさせる趣味なんてありませんから！　いや、悪くない！　悪くないけども……！」

雪成が、慌てたように里穂の肩を支えて顔を上げさせる。

潤んだ瞳で見つめれば、彼はみるみる顔を赤くした。

「まあ、でも、帰る場所がないのに送り返すのも酷な話ですよね。それに、嫁としてではなく、下女としてならいてもいいいんじゃないんですかね？　朱道様に話をつけてみます」

「本当ですか？」

里穂は、ぱあっと顔を輝かせる。

「ええ、もちろん。なんなら、いっそのことあんな堅物じゃなくて僕の嫁に……ゴホゴホッ。いや、今のは気にしないでください」

何やらモゴモゴ言っていたが、どうやらこの屋敷に居座れる可能性はあるようだ。

花菱家に戻るくらいなら、ここにいた方がよほどマシである。

「ありがとうございます、雪成さん……！」

里穂が笑みを浮かべると雪成は赤い顔のまま咳払い（せきばら）をし、「任せてください」と男前な声で返事をした。

その日のうちに雪成は朱道に話をつけてくれ、里穂は御殿で下女として働くことが決まった。

最初、朱道はなかなか首を縦に振らなかったが、雪成はかなり粘ったらしい。朱道が身動きをとるのも困難なほどしつこく絡んだところ、ようやく承諾してくれたそうだ。

雪成の奮闘ぶりに、里穂は心から感謝している。

翌日、ここで暮らすにあたって不便がないようにと、雪成が御殿の中を案内してくれた。

敷地内には、広大な和風庭園を備えた黄金の本殿の他に、六棟もの離れが建っている。

本殿は寝所や政所（まんどころ）として、離れは兵舎や下男下女の住まいとして使われているらしい。

その他にも、湯殿や茶室、果樹園に竹林まであるようだ。花菱家とは比べ物にならない豪勢さに、里穂は言葉を失い、とんでもないところに来てしまったことを痛感した。

せわしなく働いているあやかし達の多くは、一見、人間と大差ない。

けれどもよく見ると、頭に角が生えていたり、水掻（か）きがあったり、肌の色が青かったりと、どこかしら人間とは異なる部分があった。時には、河童や猫又など、一目であやかしと分かる者もいて、物珍しさに里穂はつい視線をキョロキョロさせてしまう。着物を着たあやかしが下駄を鳴らしながら歩き、牛車が行き交う情景は、まるで古き良き時代の日本にタイムスリップしたかのようだった。

「御殿には、当代でもっとも力を持つあやかし、つまり帝が代々住まうことになっています」

三百年前、花菱家と決め事を交わしたのは朱道ではなく前の帝であり、彼とは赤の他人のようだ。政権が代替わりしたものの、決め事だけがそのまま残されたのだろう。

（だから朱道様は、百年に一度の嫁制度に納得がいってなかったのね）

最後に本殿にある厨房に行くと、雪成は、真っ白な尻尾を持つ狐顔の中年女に里穂をたくした。

「里穂さんと離れるのは惜しいけど、僕は所用がありますので、ここでお別れです。あとは、下女頭の彼女が面倒を見てくれますから」

「分かりました。雪成さん、いろいろとありがとうございました」

「くれぐれも変な男に絡まれないでくださいね！」

去りがたいとでも言うように何度も後ろを振り返りながら、雪成がその場をあとにする。

狐顔の女が、横目でジロリと里穂を見た。

「人間の娘か、こりゃめずらしい。この世界に迷い込んで、帰れなくなったのかい？人間の言葉じゃ、『神隠し』というらしいけど」

「いえ、そういうわけではないんですけど……」

帝の生贄（いけにえ）になるつもりが実は嫁候補で断られた——が居座ることになった、とは説明しにくい。

「ふうん、まあいいか。御殿のお勤めは甘くないよ。気を引き締めてがんばりな」

「はい！」

こうして、里穂のあやかし界での新たな日々が幕を開けたのである。

あやかし界に、昼と夜の差はない。

空は一日中夜明けのような白群青色（びゃくぐんじょういろ）をしていて、蠢（うごめ）く霧に覆われている。

太陽も、雲も、月も星もない。

そのため、里穂はまず、昼夜の区別に戸惑った。

あやかし達は、肌に触れる大気の変化で当たり前のように区別していたが、人間の里穂にそのような肌感覚は備わっていない。そのうえ時計も存在しないので、何度か仕事に遅れて叱られた。

けれども、やがて三足鶏(さんぞくけい)の鳴き声で区別がつくようになる。

三本の足を持つこの鳥は、採卵のために飼育されていて、里穂は一日目から餌(えさ)やりと鶏舎の掃除を任されていた。

三足鶏は騒々しい鳥で、朝はコココと小刻みに、昼はクエックエッと陽気に、夜はホーホーと間延びした鳴き声を上げる。それに気づいてからは、以前よりもずっと暮らしやすくなった。

三足鶏の世話だけではない。だだっ広い本殿の掃除に、庭掃き、大量の野菜の皮むき、井戸端での食器洗い、河童(かっぱ)族の頭の皿の水替えまで、新人の里穂の仕事はいくらでもあった。

息をつく間もないくらい働き、夜になると大部屋で死んだように雑魚寝(ざこね)をする。

そんな毎日が、目まぐるしく繰り返されていった。

「お、その桶どこに持っていくんだい？　運んでやろうか？　なに、遠慮するなって！」

「河童（かっぱ）の皿の水替えだって？　ちくしょう、あいつらいいなあ。オイラの世話も焼いとくれよ」

どういうわけか、里穂はあやかしの男達にやたらと人気があった。

通りかかれば声をかけられ、手を貸すからとしつこく付きまとわれ、お願いだから笑顔が見たいと求められる。

男性に優しくされることに慣れていない里穂は、困惑するしかなかった。麗奈のような女の子がもてはやされるのは分かるが、地味な自分がそんな風に扱われるなどあり得ない。

あやかしの美的感覚がおかしいのか、もしくは煌のように裏があるのか。

男達に優しくされるたびに不安になり、里穂はどんどん挙動不審（きょどうふしん）になっていった。

御殿で働くようになってから、十日が過ぎた頃。

里穂の周りで、異変が生じるようになった。

まず、三時間かけて掃除したばかりの庭が枯れ葉で埋もれているという怪現象が起こった。おかげで掃除をやり直す羽目になり、夕食に間に合わなかっただけでなく、寝床に入るのがずいぶん遅くなった。

次に、支給されたお仕着せが、入浴中に突然行方不明になった。探し回ったがどこにもなく、大部屋の押入れに捨て置かれていた、誰のものかも分からないボロボロのお仕着せを着るよりほかなかった。

それ以外にも、里穂にだけ食事が支給されなかったり、頭上から水を浴びせられたり、誰かに足をすくわれて転んだり。

そういったことがあったあとには、決まってどこからかクスクスと女の笑い声が聞こえてくるのだ。

(どうやら、ここでも嫌われてるみたいね)

里穂のみじめさは、あやかしをも不快にさせるらしい。

「里穂さ～ん、元気にしてますか？」

あるとき、鶏舎で餌(えさ)やりをしていると、雪成がひょっこりやってきた。

雪成はこうして、ときどき里穂の様子を見に来てくれる。

あやかし達の会話から得た情報によると、雪成は朱道の幼なじみにして第一の側近で、この世界ではそれ相応の地位にいるらしい。

「あ、はい。雪成さん、いつも気にかけてくださりありがとうございます」

雪成の顔を見ると、里穂は心がホッと和むようになっていた。

親切なところがどことなく亜香里を彷彿とさせて、親近感を覚えるのだ。

すると雪成が、首を傾げながら里穂に近づいてくる。眉間に皺を寄せ、体を上から下までじっとり眺めるものだから、これには里穂も戸惑った。

「あの、どうかされましたか？」

「随分ボロボロの着物を着てるなと思いましてね。僕が渡した着物、もうそんなになっちゃいました？」

「あ、これは……」

不当な扱いを受けていることを彼に話したら、改善されるのかもしれない。

だが、出かけた言葉をぐっと呑み込む。

いびりに黙って耐えることに、里穂は慣れすぎていた。

それに、騒動に発展してこの御殿を追い出されたらどうしよう、という思いが足枷になる。

「その、掃除中に転んで、いただいた着物を泥だらけにしてしまいまして。新しい着物が支給されるまでの間、古いものをお借りしているのです」

「へえ〜。里穂さん、案外そそっかしいんですね。いや〜、でも里穂さんはボロを着てもかわいいなぁ」

デレデレとしている雪成が嘘に気づく様子はない。里穂はひとまず胸を撫で下ろす。

そのやりとりを、密かにあやかしの女達が見ていたことなど、知る由もなく――

その夜、ようやく仕事を終え、寝所である大部屋に行くと、どういうわけか里穂の布団がなかった。

「あの、私の布団はどこに行ったのでしょう？」

まだ起きていた女のひとりに聞いてみる。

だが、しっしというように、すげなくあしらわれた。

「布団？　そんなもの知らないよ」

「でも、たしかに今朝まではあったんです」

「しつこいね！　知らないって言ってるじゃないか。とにかくここには、あんたの寝る場所なんかないよ。あんたが来てから急に狭くなって、皆困ってたんだ。荷物を持って、納戸にでも移動しな。あそこなら誰も使ってないからね」

里穂は部屋から追い出され、途方に暮れた。

唯一の荷物である、ここに来るときに着ていた白い着物を胸に抱え、仕方なく下女の住まう離れの中を歩き回る。

どこもかしこも満室だと断られ、結局最初の女が言っていた納戸に行くしかなかった。三畳程度のそこは、畳の半分が積み重なった箱で埋まっている。布団などあるわけもなく、着物を布団代わりにして、眠りにつくことにした。

（ああ、なんて寒いの……）

あやかし界には、人間界と違って、寒暖というものがない。寒くも暑くもない適温が、一年を通して続くそうだ。それなのに、不思議と室温が低かった。

これなら廊下で寝た方がよほどマシだが、そんなところに寝転がっていたら、何を言われるか分からない。薄っぺらい着物を頭からかぶり、ガタガタ震えながら、里穂はどうにか一夜を明かした。

その日から、納戸が里穂の寝床となった。

一晩中体が冷やされ、なおかつ寒さによる睡眠不足のせいで、体調はみるみる悪化した。微熱が続き、手元がおぼつかず、しょっちゅうふらつく。当然のことながら仕事の効率も下がり、そのたびに叱られ、精神的にも追い詰められていった。

そんなある日のこと。

大広間で催された宴の席に、里穂も配膳係として呼ばれた。

里穂にはよく分からないが、その日はあやかしにとっては大事な祭りの日らしい。招待されているあやかし達は、皆上質な着物を着ていて、この世界の重鎮であることがうかがえた。そしてそれぞれが、芸子のような化粧の厚い女を横にはべらせ、デレデレと鼻の下を伸ばしている。

上座には、久々に見る朱道がいた。

彼の両脇にも、艶やかな着物に身を包んだ花魁のような女がいて、しきりに甘い声をかけている。けれども朱道は女の呼びかけには無反応で、片膝をついて黙々と盃に口をつけていた。

(どうしよう、こわい……)

初対面での威圧的な態度のせいで、里穂は彼に苦手意識を持っていた。

これまでは運よく出くわさなかったが、今宵はそういうわけにはいかない。小鉢を配りに来たのだが、位順に配膳せねばならず、当然のことながらまずは朱道からだった。

盆を手に、朱道の斜め向かいに座す。

気づかれなければいいのにという願いも虚しく、すぐさま刺すような視線を感じた。

「お前、まだいたのか」

膳に小鉢を置くと同時に声がした。

声色の冷たさに、喉が塞がったような心地になる。

盃をぐいっと呷ってから、朱道は続けた。

「雪成がしつこいからここに残ることを許したが、長くいていいわけではない。早く花菱の家に戻れ。大名の血を引くあの家の方がよほど居心地がいいだろうに、なぜこんなところに居続ける？」

里穂は、何も言い返せない。

「あやかし界が物珍しいのか？　だが、物見遊山気分でいられても困る。ここは人間がいるべき場所じゃない」

盆を持つ手が、カタカタと震える。

それほどに、この男が持つ威圧感はものすごい。

「もう一度言うぞ、ここはお前のいるべき場所ではない。分かったなら、数日以内に出ていけ。雪成に分からぬようにな」

睨むように里穂を見据える朱道。

燃えるような赤の瞳には、はっきりとした拒絶の色が浮かんでいる。

「なぜ黙っている？　喋れないのか？」

朱道が問うと、隣にいる女が、着物の袖口を口元に当ててクスクスと笑った。

いたたまれなくなった里穂は、か細い声で「分かりました」とだけ答える。

そんな里穂をなおも冷たく見据え、朱道は配られたばかりの小鉢に手を伸ばす。

そのとき、彼が一瞬手を止めたように見えた。

けれども今の里穂はそんなことを気にする余裕などなく、逃げるようにその場を離れた。

心臓がドクドクと早鐘を打っている。

帝の彼にはっきりと拒絶されたのだから、これ以上ここには居座れない。

里穂はもう、完全に行き場所を失ってしまった。

※

（何だ、今のは）

あの里穂という人間の女が配った小鉢を見つめ、朱道は内心動揺していた。

小鉢に触れた際、まるで閃光が弾けたように、頭の中に映像が流れたのだ。

その映像の中で、下女達は、里穂が料理を盛ったばかりの器を意図的にひっくり返し、にもかかわらず、彼女がどんくさいせいで料理が台無しになったとなじっていた。

里穂は何も言わずに、床の掃除を済ませ、器に料理を盛り直していた。

――様々な能力を持つ朱道は、中でも、付喪神との対話を得手としている。

付喪神は、長い年月を経たものや愛用している道具に精霊が宿ったものだ。

付喪神に、姿形はない。声は出せても、言葉は持たない。

それでも彼らは、朱道だけに分かる言葉で語りかけ、時には記憶を見せてくれた。

先帝との戦でも、付喪神からの情報が役立ったものだ。

だが、こちらから呼びかけたのならまだしも、付喪神の方から記憶を見せるのは珍しい。

（あの女、下女達にいびられているのか？）

花菱家から来る嫁は、甘やかされて育っているので、わがままで高飛車な娘しかいないと聞いていた。百年目、二百年目の嫁が、そうだったらしい。

だから三百年目のあの嫁も、見かけこそ大人しいが、高飛車な気質を隠していると思い込んでいた。それにやたらとあやかしの男達に人気があるようだから、蝶よ花よともてはやされている環境に、満足して居座っているのだろう、と。

だが、付喪神の記憶によるとそういうわけでもないらしい。

（劣悪な環境にいながら、どうしてここに居座る？）

わけが分からず、朱道は眉間に皺を寄せると、盃の中の酒を一気に口の中に流し込んだ。

「あら〜、いい飲みっぷりですこと。ささ、おかわりを」

隣にいる女が甘い声を出し、嫋やかな手つきで空になった盃に酒を注いだ。

それから着物の袂をはだけさせ、こちらに流し目を送ってくる。
あからさまに媚を売るその仕草に、虫唾が走った。
（女など、ひとり残らず消えていなくなればいい）
朱道の生まれは貧しい。
幼い頃に両親がいなくなり、孤児となってからは、貧民窟でひとり孤独に生きてきた。
子供の頃は、汚物を見るような目で女どもに邪険にされた。
数多の能力に目覚め、暴れ回っていた青年の頃は、乱暴者と足蹴にされた。
ところが天下を取った途端、女どもは掌を返したように、朱道に取り入ろうとした。
嫁にしてくれとせがみ、寝所に潜り込み、隙あらばベトベトと触れてきた。
そんな女どもに、朱道はうんざりしている。
もちろん、嫁を貰う気などさらさらない。
当然のことながら、子を残し、血を繋ぐつもりもない。
「主上、飲んでますか～？」
盃を呷りながら悶々と考え込んでいると、赤ら顔の雪成が寄ってきた。酒に弱い性質なので、飲み過ぎるなと日頃から言っているのに、すぐに忘れるのがこの男らしい。

「何杯目ですか？　相変わらず酒にお強いですね～」

雪成がヘラヘラと横にいる女に笑いかけると、女もまんざらでもなさそうに笑みを返している。

「雪成。近頃、あの女の様子はどうだ？」

「あの女、ですか？」

「人間の女のことだ」

「ああ、里穂さんのことですね。なになに、気になっちゃったんですか～？　やっぱりそうですよね、めちゃくちゃかわいいですもんねぇ～」

「そういうわけではない。普段どういう風に過ごしているか知りたいだけだ」

もともと女たらしな男だが、里穂に対する雪成の心酔っぷりは少々異常だった。

肉付きが悪く化粧っ気がないものの、たしかに里穂の素材は悪くない。

だがここまで入れあげるほどではないように思う。

「どういう風にって、健気（けなげ）に働いてますよ～。卵を採ったり、廊下の雑巾がけをしたり、何しててもかわいくてついつい見ちゃうんです。最近は前より色白になって、よりいっそうかわいくなりましたしね～」

（色白？　こいつには、そんな風に見えているのか）

あれは、色白というものではない。

朱道には、肌が血色を失っているように見えた。

人間は病におかされたとき、ああいう状態になると耳にしたことがある。

結局そのあとも里穂の様子が気になって、朱道は宴に集中できなかった。


深夜を過ぎ、御殿中が寝静まった頃。

朱道は本殿にある自室を離れ、下女が使う離れに足を踏み入れた。

里穂にのぼせ上がっている雪成には、おそらく真相が見えていない。

彼女が本当はどんな毎日を送っているかは、身近にいる付喪神が一番よく知っているだろう。だから彼女の寝所から何らかの物品を失敬して、話を聞くつもりだった。

里穂がどの部屋で寝泊まりしているのかを、廊下の壁のところどころに飾られた、竹細工の一輪挿しに聞いて回る。『あっち』『あっち』と廊下を奥へ奥へと歩かされ、辿り着いたのは、忘れられたような場所にある煤けた納戸だった。

(こんなところで寝ているのか?)

困惑しながらも、音を立てないようにして扉を引く。

ようやくひとりが横になれる程度の狭い空間に、青白い顔をした里穂が横たわっていた。布団も敷かず、薄っぺらい着物を体に掛けているのみで、ガタガタと震えながら眠っている。

(なんだ、これは?)

朱道は、納戸の異様な寒さに違和感を覚える。

なんらかの術がかけられているようだ。

(氷女の仕業か)

御殿で働く下女の中には、氷女が何人かいる。

妖力は高くないが、部屋の温度を下げる程度ならできてもおかしくない。

氷女は、嫉妬深いあやかしだ。里穂はやたらとあやかしの男達から人気があるため、やっかみの対象となったのだろう。

朱道はしゃがみ込むと、苦悶に歪む里穂の寝顔を見つめた。

このような場所で毎日寝ていたら、体調を崩すのも無理はない。

本来なら働けるような状況ではないのに、よほど我慢をして、下女の勤めを果たしていたのだろう。

（これほどの目に遭いながら、ここを出ていこうとしないのはなぜだ？　甘やかされて育った娘の道楽で居座っているわけではなかったのか？）

朱道は一瞬ためらったのち、彼女の小ぶりな顔に手を伸ばし、ひやりとした頬に触れた。

指先に念気を込め、燃え盛る熱を、冷え切った体に送り込む。

彼女の体の震えが止まったところで、今度は掌に小さく炎を燃やした。

炎がふわっと空気に溶け込むと、冷えきった納戸がみるみるもとの温度を取り戻していく。

しばらくすると、里穂の寝顔から、苦悶の色が消えた。

穏やかな寝息が聞こえると、朱道は体に掛けられた着物ごと彼女を横抱きにし、部屋をあとにする。

離れを出て本殿へと向かいながら、着物の付喪神を呼び出した。

姿は見えないが、付喪神が自分に向かってぺこりと頭を下げたのが気配で分かる。

付喪神は、ためらうことなく記憶の中の里穂を見せてくれた。

頭の中にいくつもの映像が流れる。間もなくして、中年の男と向かい合ってうなだれている里穂が映し出された。

──『そこで、だ。今日を最後に、里穂にはこの家を出ていってもらいたい。もちろん、花菱家の娘としてだ』

──『……つまり私は、麗奈の代わりに生贄(いけにえ)になるというわけですか？』

──『そういうことだ。理解が早くて助かるよ』

全容を知ることはできないが、どうやら彼女は、朱道が想像していたような甘やかされた娘ではないらしい。むしろ相当に厳しい環境におかれていた。

だから花菱家に戻らず、この世界にいたがったのだ。

にもかかわらず、自分は彼女が求めた新しい居場所を奪おうとした。

両親がいなくなり、悪鬼(あっき)どもに住むところを奪われ、居場所を求めて泣きながら貧民窟を彷徨(さまよ)っていた幼い頃の自分と彼女が重なる。

思い出してみれば、彼女はあやかし界に来た当初、自分が生贄(いけにえ)だと思い込んでいたのだ。生贄になれと言われたら、普通は嫌がりそうなものなのに、そんな素振りは微塵も見せなかった。

それどころか、『どうぞ、お好きなところからお食べくださいませ』と覚悟を決めた目をした。

あのとき、彼女の境遇に勘づいていれば、もう少し違う対応ができただろう。

だが、濁りのない黒い瞳に心奪われて考えが及ばなかった。

あれ以来、どういうわけか、凛としたあの眼差しが脳裏に焼き付いて離れない。

朱道は、羽のように軽い里穂の体を慎重に抱えながら、胸が痛くなるほどの後悔の念に苛まれていた。

第二章　惹かれる心

翌朝。

瞼（まぶた）を上げるなり、開け放たれた障子戸の向こうに広がる日本庭園が目に飛び込んできて、里穂は固まった。

（ここって、もしかして……）

見たことのある部屋だった。たしか、この世界に来てすぐに通された本殿の和室だ。床（とこ）の間に飾られた色鮮やかな牡丹（ぼたん）の掛け軸に、見覚えがある。

けれども、昨夜はいつもどおり、下女用の離れの納戸で眠ったはず。

とにかく、こんな上等な部屋に自分がいていいわけがないと起き上がり、そそくさと廊下に出た。

すると、ぶつかるような形で雪成と出くわす。

「おや。里穂さん、どちらに行かれるのですか？」

「あの、自分の部屋に戻ろうかと……」

「その必要はございません。朱道様のご指示で、あなたのお部屋は昨日からこちらに移りましたので」

　驚きのあまり、え、とかすれた声が出た。

「朱道様が、どうして……？」

　すると雪成が、含んだような笑みを浮かべる。

「なぜかと聞かれたら、『あんなところで寝てこちらの世界で死なれたら、人間どもに示しがつかないから』と答えろとのことでした。これ以上は僕の口からは言えません」

「はあ……」

　はっきりとはしないが、雪成の言葉から察するに、朱道は里穂が寒さに震えながら寝ていることに気づいたようだ。

　昨夜冷たくあしらわれたばかりで、どうしてこんな展開になったのか、想像もつかないけれど……

　そこで里穂は、ハッと目を瞠る。

「そういえば、私をこちらまで運んでくださったのはどなたですか？」

「それも言うなとのことでしたので、僕の口からはなんとも」

笑いをこらえるように言ったあと、雪成は戸惑う里穂に向けて微笑んだ。

「それから、もう下女として働く必要もございません。あと、いたいだけここにいていいそうですよ？　だから里穂さんは、伸び伸びと好きなように暮らしてください。僕としては、以前よりもあなたに会える機会が増えて、嬉しい限りです」

（いったい、何がどうなっているのかしら？）

いまひとつ状況が呑み込めないまま、雪成に強く勧められ、朝は部屋で寝て過ごした。

立派な食事まで部屋に運ばれてきて、今までとの待遇の違いに困惑する。

（そういえば、今日は体の調子がすごくいいわ）

寒いところで寝ていたせいで、近頃は体が重く、食欲がなかった。だが今日は嘘みたいに体が軽く、食欲もある。

昨夜、納戸で寝ずに済んだおかげだろうが、それだけではない気がする。

体の芯から、絶えず生気が湧いてくるのだ。

まるで、誰かの温もりを分け与えてもらったかのように。

昼餉が終わると、寝るのにも飽きてきた。

そういえば、三足鶏の世話や廊下の水拭きなど、自分の仕事はどうなっているのだろうと心配になってくる。

もう下女として働く必要はないと雪成は言っていたが、改めて考えてみると、そんな虫のいい話があるだろうか？

聞き間違いかも、と不安になった里穂は、こっそり部屋を出て、敷地の外れにある鶏舎まで様子を見に行った。

何百羽という三足鶏が、クエックエッとせめぎ合うように鳴いている中を覗き込めば、ふたりの下女が、せっせと箒で地面を掃いている最中だった。

やたらと髪の長い青白い顔の女と、恰幅のいい赤ら顔の女。

どちらも嫌悪感丸出しで里穂に接してきたあやかしで、とりわけ青白い顔の女の方はひどかった。昨夜も、里穂が小鉢によそった料理をひっくり返して難癖をつけてきたばかりである。

ひょっとしたら彼女達は、里穂が来なかったから、代わりに鶏舎の掃除をしているのかもしれない。

（どうしよう。怒っているかしら……）

声をかけたくとも勇気を持てず、小屋の入口でもたもたしていると、赤ら顔の女がこちらを見た。

「ひぃっ！」

どういうわけか、里穂がビクッと首を竦めるのと同時に、女も悲鳴を上げる。

青白い顔の女も、まるで屍にでも出くわしたかのような形相で「あわわわ……」と声を震わせていた。

そして、ふたりそろって、その場にガバッと平伏する。

「お、お許しください、お許しください……！」

「お怒りなのは、百も承知です。ですが、里穂様がそのような立場の方だとはつゆ知らず！　なにとぞ、今までの御無礼をお許しくださいませ！」

「あ、あの……？」

ふたりがいったい何を言っているのか分からない。

とにかく頭を上げさせなければと慌てふためいた。へりくだった態度を取られるのは慣れておらず、居心地が悪い。

「その……。お顔を上げてください」

しどろもどろに声をかけても、一向に耳を貸す気配がないので、里穂は困り果てた。

ふたりがあまりにもガクガクと震えているものだから、次第に気の毒になる。

「お願いですから。私は、怒ってはいませんし……」

正直、いびられるのには慣れていたため、怒りは感じていない。

どちらかというと、怒りの矛先は、いつも自己主張ができずに泣き寝入りしている自分自身に向いている。

（私がこんな人間じゃなかったら、この人達の態度も違ったでしょうに）

たとえばそう、朱道のように、真っすぐで強い人間だったなら――

青白い顔の女が、瞳をうるうるさせて里穂を見た。

「許してくださると、おっしゃるのですか？　私は里穂様を大部屋から追い出し、氷の術をかけた納戸に誘導したのですよ？　つまらぬやっかみで取り返しのつかないことをしでかし、今では死ぬほど後悔しています」

声を震わせながら、罪を赤裸々に告白した彼女に、里穂はそっと微笑みかける。

「ええ、もちろん許します」

すると赤ら顔の女も顔を上げて「ああ、なんて慈悲深いお方なのでしょう……！」とはらはらと涙をこぼした。

「こちらこそ、鶏舎の掃除は私のお勤めなのに、お任せしてしまってすみません。続きは私がしますので——」

「めっそうもない！　私どもでします！　里穂様はどうぞ、ゆっくりされてくださいませ……！」

箒を取ろうとしたところ、血相を変えて阻止された。

それから、頼むからこんな汚れ仕事はしてくれるなと繰り返し懇願され、鶏舎を追い出される。

仕方なく今度は厨房に向かったが、そこでも目の色を変えられ、土下座に近い形で全員に頭を下げられた。

なんとなく居づらくなって、里穂は部屋に戻らざるを得なくなる。

雪成が言ったことは、真実だったようだ。

里穂はもう、下女としてこの御殿で働く必要はないらしい。

（もしかしたら、朱道様が何か言われたのかしら……？）

ひょっとすると朱道は、里穂が寒さに震えながら寝ていたことだけでなく、下女達から不当な扱いを受けていたことにも気づいたのかもしれない。そして牽制をかけたのだとしたら、皆の態度の変化にも納得がいく。

だが初対面のときや宴（うたげ）の席での彼の拒絶ぶりを思い出すと、里穂は当惑してしまうのだった。

あの朱道が、里穂のために動いてくれたとは到底思えない。

ひとりで悶々と考えても答えが出るはずもなく、次第に里穂は、本人に直接会って確かめたいと考えるようになった。

そしてその機会は、意外にもすぐに訪れる。

夕餉（ゆうげ）を、朱道と一緒にとることになったのだ。

下男に導かれ、自室から長い廊下を真っすぐ行った先、縁側から赤々と咲き誇る椿（つばき）の垣根を臨む部屋に通される。

どうやらここは、朱道の寝室に通ずる彼専用の食事処らしい。

だだっ広い畳の部屋には、膳がふたつ、向かい合って置かれている。

膳の上には、すでに色鮮やかな料理の盛られた小鉢がいくつか並んでいた。

居心地の悪さを覚えながらも、下男に促されるまま、里穂は戸口側の膳の前に座った。

緊張しつつ朱道の訪れを待っていると、やや遅れて彼が現れる。

朱道がいつも着ている深い藍染めの着物は、彼の燃えるような髪の赤さを、よりいっそう引き立てている。相変わらず、そこにいるだけで息が止まりそうな、圧倒的な存在感。

朱道は里穂をちらりと見ただけで、何も言わず、ドカッと向かいの席に座った。

愛想もへったくれもないが、里穂の存在を咎める様子はない。

昨夜の宴の席とはどこか違う様子に背を押され、里穂は勇気を振り絞ると、膳の横に身をすべらせて深々と首を垂れた。

「部屋を移動してくださっただけでなく、数々のご厚意、心より感謝いたします。私のような者に、本当にありがとうございます」

朱道は何も答えない。

膳の上の料理に手をつけることもなく、押し黙っている。

あまりにも沈黙が続くものだから、不安になってそっと目線だけ上げると、彼は困惑顔で畳に視線を落としていた。

「無理をしてこちらの世界で死なれたら、人間どもに示しがつかないからな」

ようやく返ってきたのは、その図体には到底似合わない、か細い声。

よそよそしいが、どうやら彼は、里穂が思い描いていたような冷酷非道なあやかしではないようだ。

朱道が、口を開けて何かを言いかけた。

言葉が出るまでの間がまた異様に長く、里穂はこてんと首を傾げる。

もしかしたら、何か重要なことを告げられるのだろうか。

「――部屋の居心地はどうだ？」

だが、身構える里穂にかけられたのは、そんな些細な問いだった。

緊張でカチンコチンだった心がフッと融解されたようになって、里穂は思わず口元をほころばせる。

「布団もふかふかで、とても心地いいです。おかげさまで、体調もすっかりよくなりました」

朱道は里穂の方を見ないまま、「そうか」とだけ答えた。

そして、ようやく食事を始めた。

里穂も、少し遅れて料理に箸をつける。

めばるのような魚の煮つけに、何かの肉と山菜の寒天寄せの小鉢、柚子の香りのきいたすまし汁、ぶつ切り魚介の茶碗蒸し、見たことのない種類のきのこの天ぷらなど。

あやかし界に来てから丼もののまかない飯しか食べておらず、こういった膳を食べるのは今日が初めてだ。緊張がほぐれたせいか、あやかし界の料理の美味しさを、今更のように実感する。

ふたり向かい合ったまま、黙々と食事を口に運ぶ。

結局それ以上は何ひとつ言葉を交わさないまま、食事を終えた朱道は、先に部屋を出ていった。

それ以降、里穂は毎日、朱道とともに夕餉をとるようになった。

交わすのは、いつも一言二言だけ。

飯はうまいかとか不便はしてないかとか、そういった短い質問をされ、こちらも短く答えるのみである。

それでも里穂は、朱道から以前のような拒絶の色が消えたことを、喜ばしく思っていた。

とはいえ、あやかし界で人間が死ぬようなことがあってはならないという義務感によって、彼が里穂を保護しているのは分かっている。

このままずっと彼に甘えるわけにはいかない。

いずれ、改めて身の振り方を考えなければならないだろう。

朱道の本当の嫁に、遅かれ早かれ、この場所を明け渡さないといけないのだから。

ある夜、里穂が布団に入って目を閉じていると、どこからともなく奇妙な音がした。

獣の唸り(うな)のようなその音は、しんと静まり返った部屋に、時折響いては消える。

はじめは得体の知れない動物でも鳴いているのだろうと思ったが、どうも様子がおかしい。

(もしかして、人の苦しんでいる声かしら?)

怪我でもして、どこかで倒れているのかもしれない。

そんな焦りに駆られ、里穂は起き上がると、足音を立てないようにして廊下に出た。

夜の御殿は、研ぎ澄まされたかのように静かだった。

耳を澄ますと、先ほどよりも鮮明に、あの声がする。

声に導かれ、辿り着いたのは、朱道の寝室だった。

心配になった里穂は、ためらいながらも襖を開けてみる。

里穂の部屋のおよそ倍は広い畳の間の奥まったところに、簾が掛かっている。

おそらくそこが、朱道の寝床なのだろう。

「ううっ、く……っ！」

今度ははっきりと、彼のうめき声が聞こえた。

「許せ……、許せ……」

どうやら、悪夢にうなされているようだ。

簾の中をそっと覗いてみると、汗だくの朱道が、敷布の上に横たわっている。

寝ながら暴れたのか、敷布は乱れ、夜着の襟元が大きくはだけていた。

「すまない……、許せ……」

夢の中にいる朱道は、誰かに向かって、しきりに許しを乞うているようだ。

聞いているこちらまで胸がぎゅっと苦しくなるような、ひどくつらそうな声。

いつも圧倒的な存在感を放っているとは思えない、弱々しい鬼がそこにいた。

居ても立ってもいられず、里穂は彼の傍らに座すと、投げ出された汗だくの手を握る。

里穂の手を握りつぶすことなど造作もなさそうな、大きな掌(てのひら)だった。

「大丈夫です。あなたは悪くありません」

里穂は、自分でも無意識のうちにそう言葉にしていた。

救いを求めるように蠢(うごめ)いていた朱道の手が、ピタリと動きを止める。

手ぬぐいが見当たらないので、寝巻き代わりにしている白い着物の袂(たもと)で、彼の額に滲(にじ)んだ汗を拭った。少しためらったが、逞(たくま)しい胸板に浮かんだ汗も綺麗に拭き取り、乱れた襟元(えりもと)を整える。

朱道のうめき声が、次第に消えていく。

寝具を整え終えた頃には、彼はすっかり安心した顔になって、子供のような寝息をたてていた。

あやかし界の最高権力者であり、最も恐れられる存在——なのに、とてもそうとは思えない無邪気な姿に、どういうわけか庇護欲が掻き立てられる。

里穂には想像もつかない尊い立場で、朱道は何を抱えて生きているのだろう？

（朱道様の心の拠り所になれたらいいのに）

ふと、そんなことを思った。

だがすぐに、あまりのおこがましさに恥じらいが込み上げ、顔を真っ赤にする。

自分のような者が、彼に必要とされるわけがないのに……

それでも里穂は、鶏舎から三足鶏の朝鳴きが聞こえてくるまで、彼の傍を離れようとはしなかった。


数日後、雪成が部屋にひょっこり現れて、やたらと上機嫌に声をかけてきた。

「さあ、買い物に行きますよ」

「買い物？　食材の買い出しのお手伝いですか？」

御殿に部屋が移ってからというもの、働くことを許されず暇を持て余していた里穂は、密かに心躍らせた。

「違いますよ、里穂さんの物を買いに行くんです。着物をはじめ、必要な物を買ってやれとの朱道様の御指示ですので」

　雪成の返事に、里穂は耳を疑う。

「え？　私の物……ですか？」

「だってその着物、着た切り雀じゃないですか。せっかくかわいいんだから、もっといい着物を着た方がいいですよ」

　たしかに里穂は、支給されたお仕着せを隠されて以来、誰かが着古したボロのお仕着せを着続けている。あやかし界に来るときに着ていた着物は生地が薄いので、人前で着るには適さないと思い、寝巻きにしていた。

「でも、お金はどうしたら……」

「そんなの、出さなくていいに決まってるじゃないですか！　朱道様は相当なお金持ちなんですよ。ちょっとやそっと使ったって、朝駆けの駄賃のようなものです。遠慮なく、ドンッと買い込んじゃいましょう！」

　さあさと雪成に背中を押されるまま、里穂は牛車に乗せられ、あっという間に御殿を抜けて、御殿街道と呼ばれる繁華街に来ていた。

（そういえば、御殿の外に出るのは初めてだわ）

御殿街道は、まるで祭りの最中のように明るかった。

というのも、赤々とした光を灯した提灯が、大通りに添うようにして鈴なりに連なっているからだ。よく見たら、提灯は提げられているのではなく、宙にフワフワと浮いていた。ときどきパカッと割れて赤い舌を覗かせるものだから、これには里穂も驚き目を剥く。

「不落不落という妖怪ですよ。人間は、提灯お化けというような言い方をするようですが。攻撃的な妖怪ではないので、ご安心ください」

怯える里穂に、雪成が説明してくれた。

あやかしよりも知能の低い妖怪は、人間界でいうところのいわば動物のような立場にいるらしい。多くは餌と引き換えに小さな仕事を任されているらしいが、中には愛玩用としてかわいがられている妖怪もいるという。

通りを行き交うあやかしは、人と変わらない見た目の者もいれば、ろくろ首、傘化け、ひとつ目小僧など、あきらかに違う者もいる。御殿で働いているあやかしよりも種類豊富で、まるで大掛かりなお化け屋敷にでも来たようだ。

そして、通りには様々な店が並んでいる。

虫や爬虫類の入った瓶がずらりと並んだ薬屋、妖しい文字の書かれた札が山積みになった御札屋、かわいらしい妖怪の形をした飴が量り売りされている飴屋、見たことのない模様をした魚が泳いでいる魚屋。

いろいろな店を楽しんでいるうちに、里穂は雑貨屋の店先で、眼鏡ケースくらいの大きさの、輝く琥珀色の物入れを見つけた。

(これ、亜香里にプレゼントしたら喜びそう)

ふと、眼鏡を掛けている亜香里のことを思い出す。

(亜香里、元気にしてるかな……)

彼女の優しい笑顔が浮かび、胸がズキンと痛んだ。

会いたい。でも、今の状況で会うのは無理だ。

人間界に未練はないが、亜香里のことだけは変わらず気がかりで、ときどき里穂の心を惑わせる。

遠くを見やれば、蠢く霧の狭間から、高台の上に建つ御殿が見えた。

黄金色に輝く本殿は、外側から見るとなんとも神々しく、ひと目でこの世界における特別な場所だと分かる。

御殿街道を挟んだその向かいには、黒々とした不気味な山がそびえていた。ひっそりとしていて、華やかな御殿とは対照的である。

「さ、まずはここで買い物をしましょう」

雪成が、足取り軽く呉服屋の中に入っていった。

無骨そうな朱道が、里穂の着物を気にかけてくれたことを、恥ずかしいと同時に嬉しく思う。買ってもらうのは申し訳ないが、文無しの身なので仕方ない。

その分大事にしようと里穂は心に誓って、店の中に足を踏み入れた。

「まあまあ、雪成様ではありませんか。今日はいったいどのようなご用件でしょう？」

朱道の第一の側近である雪成は、巷(ちまた)でも名が知られているらしく、玉ねぎ頭のでっぷりとした女主人にたいそう手厚く出迎えられた。

「このお嬢さんに、何着か着物を仕立ててほしいのです」

生まれて初めての状況に縮こまる里穂を、女主人は朗らかな笑顔で見やる。

「あら。ひょっとして、雪成様のいいお人？」

「えへ、そう見えちゃいますか？　やっぱそう見えちゃいますよね〜」

でへへ、と雪成が相好を崩す。

「でも、残念ながら僕ではないんですよ」

それから、「あ、これ絶対似合いますね」とか「こういうのも意外といいかも」とか言いながら、さっそく店内の反物を物色し始めた。

青丹色（あおに）の矢絣（やがすり）、水浅葱色（みずあさぎ）の雪輪（ゆきりん）、珊瑚色（さんご）の七宝文様（しっぽうもんよう）。

色鮮やかな紋様の反物が、次々と帳場に置かれていく。

「じゃ、それも。ああっ、ついでにこれも」

雪成がどんどん買い込むものだから、さすがに里穂も慌ててしまう。

「あの、雪成さん。もう充分ですから」

「いいんですって！　気にしないで！」

どんなに言っても、雪成は買い物をやめようとしない。

「では、仕上がり次第、御殿までお届けに参りますね。精魂込めてお仕立てしますわ」

羽振りのいい客に、女主人はすっかり上機嫌だ。

二時間以上滞在し、ようやくのことで里穂と雪成は呉服屋を出た。

「次はどの店に行きましょうか？　髪飾りや化粧品なんかもほしくないですか？」

「いいえ、特には……」

「だから、遠慮はいーんですって！」

店先でそんな会話をしていたとき。

「あら？　雪成様」

背後から、きゃぴきゃぴとした女の声がした。

島田髷（しまだまげ）に髪を結ったふたりの若い娘が、こちらに手を振っている。

「乱（らん）ちゃんに獄（ごく）ちゃん！　ひっさしぶり〜」

とたんに雪成ははしゃぎながら、ふたりの女あやかしと楽しげに話しだした。

置いてけぼりをくらい、暇を持て余した里穂は、隣にある店を眺めることにする。

店頭には、妖力で動いている竹細工の玩具や、七色の光を放つ鏡などが並んでいる。

少し不思議なものを売っている雑貨屋のようだ。

見たことのない品々に目を奪われていると、すぐ近くからおじさんのような低い声がした。

「モッフ、モッフ！」

店の者に話しかけられたのかと思ったが、店主らしき妖狐は、奥まったところにある座敷で煙管（きせる）を咥（くわ）え、こくりこくりと船をこいでいる。

（聞き間違いかしら？）

ここは、あやかしの世界だ。

少々奇妙なことが起こっても、気にかける必要はないと開き直り、再び店先の商品を眺めだす。

「モッフ！　モッフッフ！」

すると、今度はよりはっきりと聞こえた。

何を言っているのか分からないが、まるで里穂を呼んでいるような響きである。

さすがに不審に思った里穂がきょろきょろと周囲を見渡すと、足元にある、モフモフの丸い毛束のようなものが目に入った。

（何これ？　まりも……？）

里穂の片手にちょうどすっぽり収まりそうなサイズで、一見、灰色のボールのようだが、よく見るとくりくりとした目がある。どうやら妖怪らしい。牛車の轍（わだち）に体が挟まり、出られないでもがいている。

「モフ〜〜〜ッ！」

うるうるとした目で見上げられ、里穂の胸がきゅんと疼（うず）く。

（声は野太くておじさんみたいなのに、なんてかわいらしいの）

里穂は迷わず、轍からモフモフ妖怪を救い出した。

懐から手ぬぐいを取り出し、土で汚れた体をゴシゴシと拭いてやると、モフモフは喜ぶように掌の上で飛び跳ねた。

「モッフッフ～！」

どうやら、ありがとうとお礼を言っているらしい。

「ふふ。どういたしまして」

思わず微笑んでいると、あやかし娘達との会話を終えた雪成がやってきた。

「おや、毛羽毛現の子供ですね」

「けうけげん、ですか？」

「はい。愛玩用妖怪として、人気の高い妖怪です。それにしても、野生種はめったなことでは表に出てこないのに、珍しいですね。移動中に、親からはぐれたのでしょうか」

雪成が喋っている間も、毛羽毛現の子供は、里穂の掌でしきりにピョンピョン跳ねている。

「おや、すっかり里穂さんに懐いちゃったみたいですよ。いっそのこと飼ってはどうですか？」

「え？　いいんですか？」

　里穂は、ぱあっと顔を輝かせた。

　里穂の方でも、小さなモフモフ妖怪の愛らしさに、すっかり心を奪われていたのだ。

「害のない大人しい妖怪ですから、いいと思いますよ。いざというときは知恵を働かせて、主人を助けることもあると聞きますしね。朱道様も反対はしないでしょう」

「じゃ、飼います！」

「モッフ～！」

　里穂の言葉が分かっているかのように、毛羽毛現の子供が声高に鳴いた。

「じゃ、このお店でついでに毛羽毛現籠でも――」

　雪成が奥にいる店主に声をかけようとしたとき、何を思ったのか、毛羽毛現がピョンッと飛び上がって里穂の着物の懐に入り込んだ。

「モフモフ！」

「ふふ、くすぐったい」

胸元でごそごそ動くものだから堪えきれず笑うと、雪成が唖然とした顔をする。

「ななな、なんてとこに入ってるんですか……！　うらやましい……っ、じゃなくて許せません！　すぐに出ろ、この毛むくじゃら！」

なぜか、真っ赤になって怒りだす雪成。すると毛羽毛現は、里穂の着物のたもとからひょこっと顔を覗かせ、雪成に向かってべーっと舌を出した。

「生意気な！　愛玩妖怪のくせに！」

「モフ〜！　モッフッフ〜！」

なんだかよく分からない諍いを始める雪成と毛羽毛現。

やたらと騒々しいので、道行くあやかし達の注目を浴びてしまった。

「おや、雪成様だ」

「痴話喧嘩かしら？　お似合いのふたりねえ」

里穂の懐にいる毛羽毛現は彼らには見えないので、雪成と里穂が喧嘩をしているように見えるようだ。

必死になっている雪成はそんな周囲の冷やかしにも気づかず、すったもんだを続ける。

「早く出ろ～、こんにゃろ！」

「モッフ～ン！」

（この争い、いつまで続くのかしら？）

途方に暮れたそのときだった。

里穂はふと、往来の先でこちらをじっと見ている人影に気づく。

艶（つや）やかな黒髪を背中まで垂らした、美しい男だった。

黒と紫の上質そうな着物を着ていて、じっと――ただひたすらにこちらを見ている。

（――誰かしら？）

まるでそこだけ世界から断絶されたように静かで、独特の空気が漂（ただよ）っていた。

思わず息を止めて彼を見る。

だが瞬（まばた）きをした隙（すき）に、男の姿は霧のように消えてしまった。

（……あれ？　どこに行ったのかしら）

霧を操るあやかしか何かだったのだろうか？

気になったものの、言い合い中の雪成に尋ねるのも気が引けて、胸に留め置く。

結局、雪成と毛羽毛現の争いは、雪成が折れる形で終結した。

そして里穂は、毛羽毛現の子供を懐に入れたまま、御殿に戻ることにしたのである。

里穂は、毛羽毛現の子供にモジャと名付けた。

モジャは里穂によく懐いて、飛び跳ねたり、肩や頭に乗ったり、とにかくかわいい。のそのそと歩く姿も、毛の塊が動いているようで、なんともいえない面白さがあった。

頬ずりしてやると、「モフモッフ〜!」とひときわ野太い声を出すのが楽しくて、何度もやってしまう。

御殿に部屋が移ってからというもの、暇を持て余していた里穂は、すっかりモジャに夢中になった。

とはいえ、何もしない一日は長い。

里穂は暇つぶしに、雪成が持ってきてくれた書物を読んでみた。

とりわけ興味を持ったのは、あやかし界の歴史について書かれた本だ。

そこには、三百年前、人間とあやかしが決めた掟のことも記されていた。

里穂が知っているのは、あやかしから人間への悪行を禁じる代わりに、人間界から百年に一度花嫁を送り込むというものだった。

ところがこの本には、同時に、人間からあやかしへの悪行も禁止されたと記してある。

異能が使えるあやかしの方が力が強いため、人間が一方的に被害を受けていたと思っていたが、実際はそうでもないらしい。

人間が時折見せる残酷さは、里穂も痛いほど知っている。

また、年表によると、前の帝の統治が千年以上続き、朱道の代になったのはごく最近のようだ。

朱道は前の帝と争い、相手を壊滅的な状況に追い込んで政権を奪い取った。

圧倒的な力とカリスマ性を持ち、畏怖される、古今最強のあやかしの帝。

やはり自分のような者が彼に目をかけてもらうのはおこがましいと、里穂は改めて感じたのだった。

「それにしても、暇」

書物もおおかた読み終えてしまうと、里穂はいよいよすることがなくなった。

部屋にこもっていると息が詰まりそうなので、モジャを懐(ふところ)に入れ、御殿の中を歩き回ってみる。

「ひっ」

「り、里穂さま……！」

里穂が歩くと、下働きのあやかし達は、皆揃いも揃って立ち止まり、深々と頭を下げた。

「あの、そんなことされなくて大丈夫ですから……」

「いいえ！　こうしないと、私達の気が済みません！」

結局どこを歩いても頭を下げられるばかりで、居心地が悪い。

里穂はしぶしぶ部屋に戻ることにする。

だがその途中、庭先で泣き叫んでいるあやかしの子供達を見つけた。

「エーン！　エーン！」

豚の鼻を持つ丸々とした男の子。猫又の女の子。三つ目の男の子。

皆、人間でいうところの、二歳か三歳くらいに見える。

「エーン！　エーン！」

空が割れんばかりの大声で大号泣していても、御殿を行き交うあやかし達は、忙しいせいか見向きもしない。

（まあ、かわいそうに）

十歳まで養護施設で育った里穂は、幼い子供達の扱いに慣れている。忙しそうな職員に代わり、泣いている子供の面倒を見るのは、里穂達大きい子供の役目だった。そのせいか、泣き声を聞いているだけで胸がざわざわとして落ち着かない。

里穂は子供達に近づくと、同じ目線の高さになるよう膝を折り、問いかけた。

「みんな、お母さんは？」

豚鼻の男の子が、ブヒブヒッと鼻をすすりながらそれに答える。

「お、おつとめ……」

言い終えるなり、男の子は再び目をうるうるさせ、また「エーン！　エーン！」という壮大な三重奏が始まった。

おそらく、御殿で働く下女の子供達だろう。

（この世界の保育園事情って、どうなっているのかしら？　もしかして、お勤め中は野放し？）

人間界に比べて文明の進みが遅いようなので、充分考えられる話だった。大人のあやかし達は子供が泣こうと構う様子がないので、慣れているのだろう。

「見て見て！　ほら！　いないいないーーばあっ！」

あやかしの子供達に通じるのか分からないが、ものは試しとばかりに、里穂はいないいないばあ、をしてみた。

子供達は一斉に泣きやみ、きょとんとした目でおどけたポーズの里穂を見る。

（やった。笑ってはないけど、泣きやんではくれたみたい）

と思ったら、一拍間をおいて、子供達がゲラゲラと笑い声を響かせる。

「ニャハハ、ニャハハハハ！」

「ブブッ、ブヒーッ、ブヒヒーッ！」

「キャキャキャ！　もいっかい！　もいっかいやって！」

どうやら、かなりウケたようだ。

（いないいないばあに、これほどの効力があったなんて……）

これがそんなに面白い？　とは思うが、喜んでもらえるのは嬉しい。

その後も、里穂はリクエストされるがままに何十回もいないいないばあを繰り返す。

「ねえねえおねえさん、ほかのことしてあそぼ！」

子供達にすっかり懐かれた里穂は、それからも一緒にかくれんぼをしたり、モジャを抱っこさせてあげたり、どんぐり駒を作って遊んだりした。

「おねえさん、おねえさん、次は？」

「次は、えーと、ずいずいずっころばしでもする？」

「ずいずい？　なんだよそれ、ブヒーッ！」

子供達と過ごす時間は、里穂にとってても楽しかった。

こんなにも必要とされたことは、生まれて初めてだったからだ。

時間が過ぎるのも忘れて夢中になって遊ぶ。

やがてすっかり遊び疲れた子供達は、縁側にこてっと倒れこむように寝てしまった。

里穂は近くにあった座布団を枕にして寝かせ、通りかかったあやかしの下男に布団を持ってきてもらい、小さな体に掛けてやる。

（養護施設時代を思い出すわ。あの頃も、幼い子供達にいつも昼寝をさせていたっけ）

ひとつの掛け布団で仲良く並んで眠るあやかしの子供達は、人間の子供達と何ら変わりない。

よしよし、と順に頭を撫でていると、「あの……」とか細い声がした。

見ると、豚の鼻をしたあやかしの下女が、申し訳なさそうに傍らに膝をついている。

「もしかして、豚吉くんのお母さんですか?」

そっくりなので、すぐに分かった。

「はい、左様です」

下女が、深々と頭を下げる。

「息子達と遊んでくださりありがとうございました。あの子達の泣き声が気になって、このところはお勤めに集中できなかったんですけど、今日は落ち着いて取り組むことができました。それもこれも、里穂様のおかげです」

下働きの子供達は、基本、大きな子供が小さな子供の面倒を見るらしい。

けれどもここ最近、大きな子供が自分達だけで遊びたがって、小さな子供が放置状態だったそうだ。

「ただ遊んだだけなのに、そんな、頭なんか下げないでください。あの、明日も一緒に遊んでいいですか?」

すると豚吉の母親は、一瞬嬉しそうな顔を見せたものの、すぐに困ったように眉を下げる。

「でも、里穂様のような御方に子守りなどしてもらうのは申し訳ないです」

「申し訳なくなんかありません！　私がすごく楽しかったんです。本当に、これまでにないほど……！」

身を乗り出して力説すると、豚吉の母親は「左様でしたか」と微笑んだ。

そして相変わらず深々と頭を下げながら、明日も子供達と遊ぶことを許してくれたのである。

そのうち、猫又の女の子と三つ目の男の子の母親も現れて、口々に里穂にお礼を告げて帰っていった。

そして翌日から、里穂は毎日のように、あやかしの子供達の面倒を見るようになる。

数日後には、里穂の周りはちょっとした託児所のようになっていた。

噂を聞きつけた下女達が、次々と子供を連れてきたからだ。

「里穂様、今日もありがとうございます。これ、夜に食べてください」

「美味しそうなお饅頭！　ありがとうございます」

「里穂様、これ、どうか貰ってやってください。うちの子が描いたんです。里穂様の似顔絵ですって」

「まあ、上手ですね！　ありがとうございます、大事にします！」

里穂によそよそしかった下女達も、だんだん距離を縮めてくれるようになった。親しくしてくれる者の中には、かつてはいびりの主犯格だった氷女もいた。今ではあのときの出来事が嘘のように、互いに打ち解けている。

花菱家にいたときも、この世界に来てからも、里穂は役立たずだった。

誰にも求められず、ただふわふわと息をしているだけの価値のない自分には、ほとほと嫌気が差していた。

けれど、ようやく自分にできることを見つけ、思ってもみなかったほど、御殿生活が充実していく。

一方で、里穂にはずっと気がかりなことがあった。

ある日の夕方。

子供達の迎えが次々と来て、豚吉だけが残っていたとき、先日注文した着物が届いたという知らせが入る。

豚吉を連れて自室に戻ってみると、荷物係の馬男達によって、次から次へと桐の箱が運び込まれている最中だった。

「りほさま、この荷物なに？　ブヒーッ」

好奇心旺盛な豚吉は、箱のひとつを開けてしまう。

中から、まるで宝石のように色鮮やかな着物が姿を現した。

（素敵……。でも、やっぱり買い過ぎじゃないかしら）

そこに、豚吉の母親がやってくる。

「里穂様、迎えが遅れて申し訳ございません！　――あら、素敵なお着物ですこと。朱道様からの贈り物ですか？」

「はい。少し前に、仕立てていただいて……」

「この珊瑚色の着物、里穂様にすごく似合いそうですね。そうだわ！　夕餉の前に、着つけて差し上げましょう！」

豚吉の母親に促され、里穂はあれよあれよという間に、珊瑚色の七宝文様の着物に着替えさせられた。背中までの黒髪を上半分だけ蝶のような形に結われ、下半分はサラリと垂らされる。そのうえ、軽く化粧まで施された。

姿見の中の自分と目が合うなり、里穂は固まる。

（これは、いったい誰？）

紅を引かれたせいか、血色が悪かったはずの肌が、新雪のような淡い光を放って見える。

このところ子供達と一緒によく笑っているためか、暗い陰を落としていた目元も、明るく輝いていた。生まれて初めて結ってもらった髪には、買い物の際に買った白い花簪（はなかんざし）が挿され、なんとも清らかな雰囲気を醸（かも）し出している。

里穂の寸法に合わせて仕立てられた着物は、驚くほど体にしっくりなじんでいた。

「ほんっとうにお綺麗ですよ。里穂様の美しさに、男達が騒ぎ立てるのもよく分かりますわ」

豚吉の母親が、満足げに丸い鼻を鳴らした。

まるで自分ではないようで、里穂は落ち着かない。いつも身に付けているボロのお仕着せの方が、よほどふさわしく思えた。けれども豚吉の母親が頑張ってくれた手前、脱ぐとは言い出しにくい。

そうこうしているうちに夕餉（ゆうげ）の時間になり、里穂は豚吉の母親に急き立てられるようにして、いつもの座敷へと向かう。

朱道との夕餉は、あれから毎日続いていた。

数分遅れて姿を現した朱道は、里穂を見るなり、一瞬動きを止める。

（どうしよう。やっぱり変かしら……？　でも、とにかくお礼を言わないと）

里穂は不安に押しつぶされそうになったが、ぐっとこらえ、畳に手をついて丁重に頭を下げた。

「朱道様。先日買っていただいた着物が、今日届きました。このように素敵な物をたくさん買ってくださり、本当にありがとうございます」

朱道は膳の前に腰を下ろすと、何も答えずに食事を食べ始める。

仕方なく里穂も顔を上げ、黙って箸を手に取った。

（もしかしたら、今日こそ口をきいてくれるかもと思っていたけど……）

ここ最近、里穂は朱道に避けられていた。

雪成と買い物に出かけた日の夜あたりからだ。

それまでは、不愛想ではあるが、食事の際に一言二言は口をきいてくれたのに。

他人に疎まれるのには慣れているはずなのに、相手が朱道だと、胸が引き裂かれるような心地がする。

つい昨日も、子供達と遊んでいる際、ふと視線を感じて見れば、通りかかった朱道がすぐそこにいた。慌てて頭を下げようとしたけれど、朱道はあからさまに顔を逸らし、逃げるようにどこかに消えてしまった。

そんな彼の些細な行動にすら、傷ついてしまう自分がいる。

(朱道様はきっと、私の処遇を持て余していらっしゃるのだわ)

ほんの出来心で助けた異種族の娘。

そんな立場の自分が、ずっとここにいていいわけがない。

あまりにも長居をして、子守りまで始めたものだから、目障りになってきたのだろう。

「……」

胸が苦しくなって、食事が喉を通らなくなる。

嫌われている身でありながら、着飾っている自分がひどくみじめに思えてきた。

里穂はついに耐えられなくなり、箸を置くと、「すみません。先に失礼します」と立ち上がる。

「食べないのか？」

するとと朱道が、久しぶりに声をかけてきた。

「ごめんなさい、食欲がなくて……」

里穂は蚊の鳴くような声で謝ると、襖へと足を進めた。

けれども座敷を出ていく直前で、「待て」と呼び止められる。

恐る恐る振り返ると、朱道は顎先に手を当ててうつむいていた。

「……何でしょう？」

問うても、彼は何も答えない。ひどくそわそわと落ち着かない仕草を見せ、一瞬だけ里穂と目を合わせたものの、すぐにうつむいてしまう。

「――何でもない」

朱道のそんな態度は、よりいっそう里穂を不安にさせた。

(朱道様はきっと、私に出ていくようにおっしゃりたいのね)

里穂はそう確信すると、おぼつかない足取りで自室に向かう。

ここにいられなくなるのも、時間の問題だろう。

また居場所を失うのかと思うと、気持ちが重く沈んだ。

部屋に入る直前、見慣れないつづらが視界に入る。

なかなか大きいつづらで、入口近くの壁に添うようにして置かれている。

こんなものあったかしら、と頭の隅で思いはしたけれど、今の里穂はそれどころではなかった。


——深夜。

またあの声がして、里穂はそっと寝床を離れた。

朱道が、今宵も悪夢にうなされているのだ。

足音を立てないようにして彼の部屋に入り、簾の向こうを覗き込む。

思ったとおり、朱道が苦しげなうめき声を上げ、敷布の上でのたうち回っていた。

「許せ……、許せ……」

里穂は彼の脇に座ると、汗だくのその手を握った。

しばらくすると朱道の顔から苦悶が引いていき、唸り声もやむ。

こうするのは、ここに来てもう五度目である。

里穂はあらかじめ用意してきた手ぬぐいを懐から取り出すと、いつものように、彼の額や胸元の汗を拭った。乱れた着物と布団も、皺なく綺麗に整える。

「大丈夫です。安心してお眠りくださいませ」

そっと囁きかけると、まるで里穂の声を聞き入れたかのように、落ち着いた寝息が聞こえ始めた。

燃え盛る赤い髪と瞳、強靭な肉体。

彼はとても恐ろしいあやかしだ。

御殿にいる下男や下女の怯えようを見たら、すぐに分かる。

それでも里穂は、どういうわけか、彼に優しさを感じてしまう。

こんなにも冷たくされながら、おかしな話だけれど。

胸の奥に、熱い何かが湧いている。

それは、今まで誰に対しても抱いたことがない不思議な感情だった。

燃えるような熱さの裏で、じくじくと胸をえぐる痛みを秘めている。

里穂は、生まれて初めて感じるその感情がなんなのか、まだ気づけないでいた。

※

襖が閉まる微かな音で目が覚めた。

朱道は敷布の上に体を起こすと、赤い前髪を掻き上げる。

よく眠れたせいか、頭が随分すっきりしていた。

自らの掌に視線を落とす。彼女の温もりが、まだ手の中に残っていた。

（明け方の今まで寝ずに付き添っていたのか）

長年朱道を悩ませている悪夢。それは、先代の帝、酒呑童子との戦いの記憶だった。

表立っては平穏にこの世界を統治していた酒呑童子だったが、その実、裏で残虐な行為を繰り返していた。彼は貧しい者を奴隷のように働かせ、逆らう者は、たとえ女子供であろうと無惨に殺めた。

朱道は、それが許せなかった。

幼い頃に酒呑童子に両親を連れ去られ、友を殺され——怒りだけが彼を生かし続けてきた。

誰しもが、不死身と謳われる酒呑童子には敵うまいと、朱道の抗いを止めようとした。

それでも朱道は臆(おく)しはしなかった。

懸命に這(は)い上がり、ようやく酒呑童子との決戦の時を迎えたのである。

その際、長年に及ぶひどい拷問の末、亡くなった両親の亡骸(なきがら)を目の当(ま)たりにした。

とたんに脳天に怒(いか)りが突き上げ、我を忘れた。

そして修羅(しゅら)のごとく敵兵を打ち負かし、ついに酒呑童子に打ち勝ったのだ。

だがその骸(むくろ)を呪枝山(じゅしやま)に封印し、ふと目の前で息絶えていた敵兵に視線を向けたとき。

その敵兵が手にした赤子の姿絵に気づき、張り詰めた糸が切れたように我に返った。

親を失ったあの赤子は、この先孤独に生きなければならないだろう——かつて、己(おのれ)がそうだったように。

よく見ると、辺りは血で真っ赤に染まっていた。敵はほぼ壊滅状態だ。

朱道は全身を震わせた。

自分がしたことは、酒呑童子と何ら変わらないと気づいたのだ。

悪夢を見るようになったのは、それからだった。

一晩中うなされ、苦しみにのたうち回り、子供のように泣きじゃくりながら目を覚ます。そんな地獄のような夜を繰り返した。

ところがある日突然、悪夢に変化が訪れた。

途中で暖かな風がそよぎ、まるで浄化されるように悪夢が霧散したのだ。

翌朝、部屋には野花のような優しい香りが漂っていた。

はじめは、自分の身に何が起こったのか分からなかった。

けれども里穂とすれ違ったとき、その香りに気づいてハッとなる。

――野花のような優しい香り。

その瞬間朱道は、里穂が一晩中傍にいてくれたのだと知った。

それ以来、朱道が悪夢を見るたび、里穂は部屋に来るようになった。

彼女が傍にいるだけで、ずっと身をゆだねて眠っていたいような、大きな温もりを感じる。

遠い昔、母親の腕に抱かれた感覚に似ていた。

あの細い体のどこにそんな力が隠されているのか、不思議でならない。

無意識のうちに、里穂に対する見方が変わった。

子供をあやしている朗らかな笑顔に目を奪われたときや、真新しい珊瑚色の着物に身を包んだ姿に見惚れたとき。胸の中が沸々と熱くなって、なぜか苦しくなった。

雪成の耳飾りの付喪神から、買い物のときの様子を聞いたときは、まるで恋人のように並んで歩くふたりを想像してむしゃくしゃした。

そもそも、やたらとあやかしの男どもに人気があるのも腹が立つ。

今までにないこの気持ちを、朱道はどう処理したらいいか分からなかった。

結果、彼女といるときはいつも無言。緊張から、自分でもはっきりと分かるほど、表情が強張（こわば）っている。

里穂はいつも、そんな朱道を怯えたように見ていた。

このままではいけないのは分かっている――朱道の心は、おそらく彼女を求めているのだから。

だが女の扱いに不慣れな朱道は、どう行動するのが正解か分からない。

ぼんやりしていると、雪成がやってきた。

「おはようございます」

「ああ」

雪成とは、貧民窟にいた頃からの仲だ。悪餓鬼に絡まれていた彼を救ったのをきっかけに、孤児同士なのもあって、兄弟のように互いを信頼しながら生きてきた。

ニタニタと、含みのある笑みを浮かべている雪成。

「……何か言いたいことでもあるのか？」

仕方なく問いかけると、待ってましたと言わんばかりに、雪成がやたらと陽気な声を出す。

「先ほど、里穂さんがこの部屋から出ていかれるのを見ましたよ。主上がこんなに手が早いなんて思いもしませんでした」

「勘違いするな。そういうことではない」

思わず赤面した朱道に、雪成はますます詰め寄ってくる。

「僕に気を遣わなくてもいいんですよ！　悔しいけど、主上なら許します。里穂さんはそもそも主上の花嫁としてやってきたのですから。でも彼女、明らかに主上を怖がってたのに、どういった心境の変化ですかね」

帝となった朱道に、こんなにも無遠慮に接してくる者は、今では彼だけだ。

そのことに安堵（あんど）しつつ、ときどき鬱陶（うっとう）しくもなる。

「だから違うと言ってるだろ」

「あっ！　もしかして、ついに〝あれ〟を贈ったんですか？」

雪成のその言葉で、〝あれ〟の存在を思い出した朱道は、再び顔に熱が集まるのを感じた。

「やっぱりそうなんですね！　ほら、僕の助言が功を奏したでしょ？」

「……違う。まだだ」

「あれ、そうだったんですか？　おかしいな～。ていうか、いつ渡すんですか？　あのつづら、そろそろパンパンじゃないですか」

「うるさい、放っとけ」

これ以上雪成と会話を続けても、からかわれるだけなのは目に見えていた。

朱道は足早にその場を離れ、大股で廊下を行く。

（……あんなもの、渡せるわけがないだろ）

片手で顔を覆い、途方に暮れながら。

※

「りほさま、どうしたの？　眠いの？」

子供達を寝かしつけながら、いつの間にか自分もうつらうつらしていた里穂は、ハッと目を覚ます。三つ目の男の子のあどけない三つの瞳が、きょとんと里穂を見つめていた。

「……あら？　起きちゃった？」

「うん。りほさまがカクカクゆれてるのが気になって、目がさめちゃった」

「そうだった？　ごめんね」

昨晩はずっと朱道に付き添っていたため、寝不足気味だ。

そのため、つい眠りそうになったらしい。

三つ目の男の子を再び寝かせ、布団を掛け直す。

「もう一度眠れそう？」

「ううん。もうねれない。りほさまとお話しする」

「ふふ、じゃあそうしましょう」

里穂は三つ目の男の子を優しく抱き上げると、自分の膝(ひざ)の上に乗せた。

「ねえねえ、りほさま」

「なあに？」

「りほさまは、しゅどうさまのお嫁さんになるの？」

藪から棒な質問に、里穂は目を丸くした。

が、我に返ると、あわててブンブンとかぶりを振る。

「違うわ。そんなわけないじゃない」

「でも、お母さん達が話してた。りほさまはしゅどうさまのお嫁さんだって」

キラキラと瞳を輝かせている三つ目の男の子に、里穂は困ったような笑みを返す。

「大分前にそういう話もあったのだけど……なくなったのよ。お母さん達は、きっとそのときのことをおっしゃっているのだわ」

「でもこの話、きのう聞いたばっかりだよ」

「きのう……？」

嫁の話が今更浮上するとは、どういうことだろう？

違和感を覚えたが、考えてみれば、部屋が移動になったり着物を買ってもらったりと、朱道に目をかけてもらっているのだから、そういう噂が広まってもおかしくない。

「それはね、朱道様が私によくしてくださっているから、お母さん方が勘違いしたのよ」

「じゃあ、りほさまはしゅどうさまのお嫁さんじゃないの？」

「そうよ。朱道様が私によくしてくださっているのは、朱道様が優しいからであって、決して私をお嫁さんにしたいとかそういうことじゃないの」

むしろ、里穂の存在を疎んじている。

朱道の冷たい態度を思い出し、気持ちが沈んだ。

ずっと、ここにいたい。

こうしてあやかしの子供達のあどけない笑顔に、かわいらしい仕草に癒されていたい。

だが朱道の迷惑にはなりたくなかった。

だから、ここにいられるのもあと少し。

出ていったら、いったいどこに行けばいいのだろう。

「りほさま、悲しいの？」

三つ目の男の子に不安そうに話しかけられ、里穂は慌てて笑顔を作った。

「ううん。悲しくなんかないわ。とても幸せよ」

「しあわせ？　よかった」

三つの目を同時にニコニコとさせ、男の子が笑う。その様子があまりにもかわいらしくて、里穂は思わず小さな体をぎゅっと抱き締めた。

夕方。

子供達全員に迎えが来たので、里穂は部屋に戻ることにした。

三足鶏の鳴き声の変化を耳にしながら、長い回廊を歩む。すると、自室の近くで、

「モッフ〜」とモジャが懐から転がり出てきた。

「モジャ？　どうしたの？」

「モフ〜ン！」

モジャはモサモサと廊下を進むと、少し前から里穂の部屋の前に置かれているつづらの上に、なぜかぴょんっと飛び乗る。

「モフモフ！」

つづらの上で小刻みなジャンプを繰り返すモジャ。

「モジャ、そんなところで飛び跳ねちゃダメよ」

モジャはモフモフなので軽そうに見えるが、意外とずっしりしている。

貴重なものが入っていて、重みで壊してでもしたら大変だ。

里穂は慌てて駆け寄ると、モジャを抱き上げた。

「モッフ〜」

ゴロゴロと里穂の喉にすり寄るモジャを抱き締めながら、壊れていないか、つづらを確認する。あらゆる方向から眺めたが、特に変化はないようで、ホッと胸を撫で下ろした。

それにしても——

（ずいぶんパンパンね。いったい何が入ってるのかしら？）

気になって、そっと触れてみる。

「触るな！」

そのとき、怒号のような声がした。

振り返ると、いつからそこにいたのか、朱道がこちらを睨んでいる。

見たこともないほど険しい顔をしていて、全身から怒りが滲み出ていた。

「ご、ごめんなさい……」

あまりの気迫に里穂はたじろぎ、半歩後退した。

里穂の怯えに気づいたのか、朱道がハッとしたように表情を変える。

「――それは、お前が触っていいものではない」

先ほどとは違う、落ち着いた声だった。

だが、頑なにこちらを見ようとしない目線が、彼の怒りが収まっていないことを物語っている。

「もう、触りません……」

里穂がどうにか返事をすると、朱道は踵を返して、廊下の向こうに去っていった。

朱道がいなくなっても、里穂はその場から動けないでいた。

彼があれほど怒るのを、初めて目にした。

不愛想なのはいつものことだが、怒鳴られた経験は今まで一度もない。

――『お前が触っていいものではない』

冷たい声が、耳の奥に重く残っている。

このつづらの中には、きっと、ものすごく貴重な物が入っているのだろう。

自分のような下賤の者が、目にするのもおこがましいような。

（私はやはり、朱道様に疎まれているのだわ）

その証拠に、朱道の態度が、日を追うごとにぞんざいになっている。

出ていけとはっきり言葉にされないのをいいことに、彼の善意に甘えていたが、そろそろ限界なのかもしれない。

里穂は、今夜のうちに、この御殿を離れる覚悟を決めた。

夜が更け、御殿中が静まり返った頃、布団に入っていた里穂はそっと起き上がった。

朱道に買ってもらった品々は、部屋の隅に揃えて置いてある。

寝巻き代わりにしている白い着物は、そもそもここに来るときに着ていたものなので、着て帰るつもりだ。

「モジャ、元気でね。ここにいれば、きっとかわいがってもらえるわ」

布団脇で小さな寝息をたてて眠っているモジャに、囁(ささや)くように語りかけた。

モフモフの体を優しく撫(な)でてから、部屋をあとにする。

朱道の部屋からは物音ひとつしないので、今宵(こよい)は悪夢を見ることなく眠れているようだ。

里穂は安堵(あんど)の息を吐くと、そちらに向けて深く頭を下げた。

「朱道様。私のような者に親切にしてくださって、本当にありがとうございました」

そっと呟き、足音を立てないように注意しながら、その場を離れる。

本殿を出て、霧が満ちる中、御殿の裏口に向かった。

その先には、里穂がここに来るときに通った社殿がある。

おそらくあの社殿は、あやかし界と人間界を繋(つな)ぐ懸け橋的な建物なのだろう。

鶏舎の方から、ホーホーともの悲しげに鳴く三足鶏の声が聞こえる。

老朽化した木造りの社殿に行き着くと、扉を開けようとした手を止め、最後に御殿を振り返った。

青白い外気の中、黄金色の絢爛豪華(けんらんごうか)な本殿が、今宵(こよい)も威風堂々とそびえている。

ここで過ごした日々を、里穂は一生忘れないだろう。

生まれてからずっと、居場所を求めて生きてきた。

十歳の頃に花菱家に貰われたときは、ようやく家族という居場所ができたと喜んだ。

だがそれはまやかしに過ぎず、里穂はまた身の置きどころを失った。

そして絶望の中、御殿に来て、子供達に慕われ、少しずつ皆と打ち解けていくうちに、居心地のよさを覚えるようになる。

求め、そして求められる。ホッと心が和む、唯一無二の場所。

ずっとここにいたいと心から思ったのは、初めての経験だった。その願いは叶わなかったけれど、天涯孤独の自分がそのような感情を抱けたことに、心から感謝している。

胸に熱いものが込み上げてきて、里穂は慌てて御殿から視線を逸らすと、社殿に足を踏み入れた。

扉を閉め、真っ暗闇の中、そのときを待つ。

(この先、どうしよう)

花菱家には戻れない。戻りたくない。

だからといって亜香里の家に行くのは、やはり憚られる。蝶子や麗奈が知ったら、親切な亜香里の家族がどんな嫌がらせを受けるか……

思い悩むうちに、うつらうつらとしてきた。

答えを見つけられないまま、いつしか里穂は、社殿の壁にもたれるようにして深い眠りについていた。

肌寒さに、身震いしながら目を覚ます。

「さむ……」

自分で自分を抱き締め、ゆっくりと体を起こした。

板張りの壁の隙間から、ところどころ細い光が床に降り注いでいる。

里穂は目を見開いた。

あやかし界に光はなく、空は一日中明け方のような色をしている。

だから、光を見るのは久しぶりだ。

「帰ってきたんだ……」

人間界に本当に帰れたという安堵と、ああ帰ってきてしまったのだという暗い気持ちが、ごちゃまぜになって胸に押し寄せる。

ギィ……と扉を開くと、明るい日の光に直接照らされ、まぶしさに目を細めた。

鬱蒼と生い茂る木々の隙間から、青空と太陽が見える。

日の高さから考えて、どうやら昼前後のようだ。

社殿を出て、来たときに初めて足を踏み入れた、花菱家の裏山らしき山道を下る。

あのときは暗くて辺りがよく見えなかったので、景色に見覚えはない。

やがてふもとに、コの字型をした花菱家の屋敷が見えてきた。
とたんに背筋がぞっと震える。
このまま真っすぐ行けば、すぐに辿り着いてしまうだろう。
(花菱家の人に、顔を見られないようにしないと)
慎重に、辺りをうかがう。
するといきなり、大木の根元に見慣れた制服を見つけて、息が止まりそうになった。
薄茶色の髪をしたその人は、寝そべり、組んだ足を退屈そうにぶらぶらさせている。
(どうして煌がこんなところにいるの？　今は学校にいる時間なのに)
よりによって煌に会うなど最悪だ。
絶対に気づかれたくないが、山を出るには、彼の前を通らなければならない。
それならこのままどこかに身を隠して、彼が去ったあとに山を出るしかない。
里穂は、迷いなく踵(きびす)を返した。
だが動揺していたせいか、落ちていた枝を思い切り踏んでしまう。
バキッという音が閑散とした中に響き、寝そべっていた煌が飛び起きた。
「誰？」

隠れる暇もなく、振り返った彼とバッチリ目が合ってしまう。

「は……？」

里穂に気づくなり、煌は信じられないものを見たかのようにあんぐり口を開けた。

「お前……。化け物に食われたんじゃなかったのか……？」

里穂はとっさに逃げようとしたが、あっという間に追いつかれ、手首を捕らえられる。

「なんだよ。下僕のくせに、随分な態度じゃないか。俺の質問にちゃんと答えろよ」

「……手違いがあって、帰ることになったの」

びくびくしながら、どうにか返事をした。

「ふうん。なんだかよく分からないけど、死に損なったのはたしかなようだな」

里穂の手首を掴んだまま、煌がしげしげと顔を覗き込んできた。

それから、不審げに眉をひそめる。

「お前、なんか変わったか？」

「……いえ」

「いや、たしかに変わった。顔色がよくなったし、髪にも艶がある。下僕のくせに、化け物の世界でいいものでも食ってたのか？」

嘲笑うように、煌が言った。

今までさんざん彼に植え付けられた恐怖心から、自然と息が苦しくなる。

浅い呼吸を繰り返していると、手首にぐっと力を込められた。

「いた……っ」

「でもまあ、ちょうどいい。お前をいじめる楽しみがないと、学校に行ってもつまらなくってさ。今日は、思い切ってサボってよかったよ。こんなところで、死んだはずの下僕と感動の再会を果たせたんだからな」

ぎりっと手首を捻り上げられ、里穂は痛みから唇を噛んだ。

そんな里穂を見て、煌が満足そうに口の端を上げる。

「やっぱり、お前の嫌がる顔は最高だな」

相変わらずの鬼畜ぶりに、鳥肌が立つほどの嫌悪感が込み上げる。

（私はもう、煌の言いなりになんてならなくていいのに……）

花菱家を出た里穂は、もう彼の下僕ではない。

こんな扱いを受ける筋合いはないのだ。

そう考え、かろうじて、目だけで反抗の態度を示した。
「なんだよ、その目は。俺をそんな目で見ていいと思っているのか？」
眉根を寄せた煌が、低い声で言う。
乱暴に胸倉を掴まれ、握った拳を目の前に突き出された。
「この死に損ないの生贄が。タダで済むと思うなよ」
怒りでひきつった煌の顔がアップになって、里穂は恐怖におののいた。
ぎゅっと目をつぶり、これから与えられるであろう痛みに備える。
ところが――
次の瞬間、勢いよく後ろに体を引かれ、煌の手から解放されていた。
一瞬のことで、何がどうなったのか分からない。
気づいたときには、先ほどよりもやや距離のある位置に、煌が呆けた顔で立っていた。
お腹に回された男らしく逞しい腕と、藍染めの着物の袖。
（まさか……）
恐る恐る後ろを見ると、燃え盛る赤い瞳で煌を睨んでいる朱道がいた。

「朱道さ、ま……？」

帝の彼が、ここにいるはずがないのに。

そもそも彼が、疎んじていた里穂を助けるなんてあり得ないのに。

お気に入りの玩具を取り上げられた子供のように、朱道に憎しみに満ちた視線を送る煌。

「――誰だよ、お前」

朱道は何も答えない。

煌が、忌々しげに舌打ちをする。

「早くそいつを離せ。そいつは俺の下僕だ」

すると朱道が、里穂を抱く腕にますます力を込めた。

「下僕？　腐った考えのやつは、どの世界にもいるのだな」

すべてを支配し、屈服させるような、堂々とした声。

朱道の桁外れの威圧感に、煌も気圧されたようだ。

「な、なんだよ……」

彼にしては珍しく、口調がたどたどしくなっている。

そして里穂は、次に放たれた朱道の言葉に耳を疑った。

「彼女は俺の嫁だ。お前のような餓鬼が触れていい女じゃない。彼女の目に映っているだけで腹立たしい」

（え……？　今、なんて……）

里穂は信じられない気持ちで、朱道を見つめた。

今の彼には、いつものような不機嫌さは微塵もない。

凛とした揺るぎない眼差しで、真っすぐに煌を見据えている。

しばらくきょとんとしていた煌が、甲高い笑い声を響かせた。

「は？　頭だいじょーぶかよ、おっさん」

さも面白い場面に出くわしたかのように、腹を抱えて笑い続ける煌。

「よりによって、そいつが嫁？　そいつは俺の――」

だが煌の耳障りな笑い声は、「黙れ、虫ケラ」という朱道の声とともにプツリと途切れた。

ほぼ同時に煌がその場にパタリと倒れ、微かな寝息をたて始める。

「え、煌……？」

「催眠で眠っているだけだ。問題ない」

そこでようやく、朱道が里穂を抱く腕を離した。

「あ……」

改めて彼と向き合い、里穂は今更のように躊躇(ちゅうちょ)する。

いろいろなことが起こりすぎて、頭の整理が追いつかない。

とにかく助けてもらったのだから、お礼を言わなければ……

「その。助けてくださりありがとうございます……」

「ああ」

先ほどまでの情熱はどこへやら、朱道は急にそっけなくなった。

けれど今までのように、里穂を拒絶するような雰囲気はない。

緊張の中、里穂は思い切って口を開いた。

先ほどの嫁発言の真意を、問いただしたかったのだ。

「あの、さっきの……」

だが、あまりにもおこがましくて、嫁という言葉をなかなか声にできない。

まごついているうちに、朱道の方が先に切り出した。

「──つづらに触れたとき、冷たい態度を取ってすまなかった」

ひどく、バツの悪そうな顔。

まさかそのことに言及されるとは思っておらず、里穂は目を見開く。

「そんな。私こそ、勝手に触れて申し訳ございませんでした。あのつづらには、大事な物が入っていたのですよね？」

「……俺が臆病だから、お前に見られるのを恐れたんだ」

「臆病、ですか？」

朱道と臆病という言葉があまりにも合致せず、里穂は首を傾げる。

するとと朱道は気まずそうに里穂から顔を逸らし、社殿のある方向を見上げた。

「──とにかく来い。中身を見せた方が話が早い」

どうやら、あやかし界に戻ってつづらの中身を見ろということらしい。

戸惑いつつも、里穂は先に歩きだした朱道のあとを追おうとした。

だが、一歩踏みだしたとたん、右足首に痛みが走る。

「いた……っ」

「どうした？」

「足が……」

煌に胸倉を掴まれたときに無理な体勢をとったため、足首を捻ったようだ。

朱道が、こちらを見て険しい顔をする。

「あ、でも大丈夫です。歩けないことは――」

すべてを言い終える前に、里穂の体はふわっと宙に浮いていた。

朱道に横抱きにされたのだ。

「しゅ、朱道様……！　こんなことをしていただかなくても……！」

逞しい腕の中であたふたとするが、朱道は構わず山を登り始める。

「騒ぐな、これくらいわけない。それにしても随分軽いな、ちゃんと飯を食ってるのか？」

「はい。おかげさまで……」

「今日から、お前の飯を倍にしてもらうよう御膳番に言おう」

朱道はそんなことをブツブツと呟きながら、山道を進んでいく。

そしてあっという間に社殿に着くと、里穂を抱いたまま中に入った。

暗闇の中、密着した状態でふたりでいるのはひどく緊張した。

ドクドクと鼓動を速める心臓の音に気づかれたくなくて、里穂は懸命に会話を探す。

「そういえば朱道様。その、角はどうされたのですか？　先ほどまで、なかったようですが……」

煌と対峙していた時にはなかった角が、今はいつもどおり髪の間からのぞいている。

「ああ、人間がいたから隠した。人間は鬼を見るといちいち大騒ぎをするからな」

「隠すなんてこと、できるのですね」

「あやかしは人間のフリをするのがうまい。今でも、ときどき人間界に遊びに行っている者はわりといる。もちろん掟があるから、人間に危害は加えないがな。だが――」

そこで朱道は、声音を低くする。

「先ほどは、本気で手を出しそうになった。あの小豆小僧に似た小童に」

「小豆小僧に似た小童？　……もしかして、煌のことですか？」

「名前などどうでもいい」

吐き捨てるように言った彼は、ひどく不機嫌そうだった。

ちょうどそのとき、入ってきた扉とは反対の扉が外から開かれる。

「おかえりなさ～い！」

見慣れた陽気な笑顔の雪成が立っていた。

どういうからくりなのかいまだによく分からないが、ものの数分であやかし界に繋がったらしい。

「里穂さんが急にいなくなったものだから、御殿の者達が心配してますよ！　それにしても、あんなに血相変えた主上を見たのは生まれて初めてでしたよ。あれ？　お見受けしたところ、一件落着ってとこですか？　くう〜、妬けるな〜」

「うるさい、黙れ雪成」

再び里穂を抱き上げた朱道が、雪成を押しのけて本殿に向かう。

里穂の部屋の前には、ここを出ていったときのまま、例のつづらが置かれていた。

ようやく朱道の腕から降ろされ、「開けてみろ」と促される。

これに触れた際の彼の激昂ぶりを思い出し、里穂は一瞬ためらったものの、思い切って手を掛けた。上蓋をそっと持ち上げ、横にずらす。

そして、思いがけない品々の出現に目を輝かせた。

「か、かわいい……っ！」

それは、毛羽毛現をモチーフとした、ありとあらゆるグッズだった。

ケゲン巨大ぬいぐるみ、ケゲン布団、ケゲン手ぬぐい……。この世界で毛羽毛現がこんなにもグッズ展開されていたのかと驚くほどの量である。

「お前が、あの毛むくじゃらをかわいがっているようだから、見かけるたびに買っていたんだ。まさかこれほど集まるとは思いもしなかったが……」

ぎこちない様子で、朱道が言う。

里穂は、ケゲン巨大ぬいぐるみを手に取り、ぎゅっと抱き締めた。本物の毛羽毛現の肌触りには敵わないが、ふかふかしていて気持ちいい。

襦袢も、手ぬぐいも、財布も、すべてがかわいい。自分の好きなものに囲まれるだけで、これほど満ち足りた気持ちになるなど知らなかった。

これまで、必要なものすら手に入らない人生を送ってきたため、喜びもひとしおだ。

「朱道様、本当にありがとうございます！」

里穂の笑顔を見て、朱道が視線を泳がせた。

それから、「俺は、女には不慣れなんだ……」としどろもどろに語り出す。

「好いた女にどう接していいのか分からなくて、真逆の態度ばかりとってしまった。色恋というものは難しいな、戦や喧嘩とはわけが違う。それを集めたのも、お前が喜びそうなものを渡せばいいという雪成からの助言がきっかけだ。だが渡す勇気が湧かず、愚かな俺は、お前を怒鳴りつけてしまった」

許してくれ、と囁(ささや)くように朱道が言う。

――好いた女。

謝罪よりも、先ほどさらりと言われたその言葉で里穂の心臓が暴れ回っている。

体中が熱に浮かされたようになって、捻った足の痛みも、どこかに消えていた。

「里穂」

朱道が、初めて里穂の名を呼んだ。

燃えるような赤の瞳が、今度はためらうことなく、真っすぐに里穂を見つめてくる。

「――はい」

ただならぬ気配に引き寄せられるように、彼の端整(たんせい)な顔を見上げた。

「俺はお前のことを好ましく思っている」

あまりにもはっきりと告げられ、里穂は固まる。

こんなにも美しい人が、自分を求めてくれている？

信じられなくて、返す言葉を失った。

「そんな、どうして……」

「理由など、どうでもいいではないか。しいていえば――」

そこで突然、手を握られた。

彼の大きな掌は、燃えるように熱かった。

「俺が悪夢にうなされていたとき、こうやって触れてくれただろう？　あのとき、お前の隠れた強さを知ったからだ」

里穂は、驚愕に目を見開く。

「強さだなんて……」

気のせいだ、と思う。

それに夜中、自分が彼の傍にいたことに気づいていたとは。

「……気づいていらっしゃったのですか？」

「ああ。最初の夜からな」

だとしたら、手を握るなど、随分大それたことをしたものだと恥ずかしくなる。

うつむき加減になった里穂を呼び覚ますように、握った手に力を込められた。

「お前の返事を聞かせてくれ」

「私、ですか……？」

里穂は言葉に詰まった。

悪夢にうなされている彼を見たとき、おこがましくも、彼の心の拠り所になりたいと思った。

それに、彼に冷たくされたとき、花菱家で冷遇されていたときとは明らかに違う痛みが胸に走った。

――燃えるような熱さの裏で、じくじくと胸をえぐる痛み。

だが初恋すらまだの里穂は、これを恋と認めてしまうのを躊躇(ためら)った。

よく分からないというのが、正直なところだ。

なかなか返事をしない里穂に、朱道が寂しげに微笑みかける。

「俺のような乱暴な男は、嫌か？」

「いいえ、そういうことではなくて……」

里穂は、ゆるゆるとかぶりを振った。

「ごめんなさい。自分の気持ちがよく分からないのです……」

己(おのれ)のことすら分からない自分を、ほとほと情けなく思う。

そうか、と朱道が呟いた。

「ならば、とりあえず俺の嫁になれ」

「え？」

「惚れるのは、それからでいい」

それでは、順番があべこべな気がする。

友人も恋人もすっ飛ばして、いきなり嫁って——

そういえば先ほども、嫁宣言をされたのだった。

どうすべきか分からず、困惑しているうちに、また赤い瞳と目が合う。

こんなにも揺らぎのない瞳で誰かに見つめられたことは、今まで一度もない。

知らず知らず、鼓動が高なり、頬が上気していく。

気づけば里穂は、自然と首を縦に振っていた。

「……分かりました」

「——そうか」

朱道の顔が、みるみる赤味を帯びていく。

漂う空気が、なんだか異様に甘酸っぱい。

すると、廊下の向こうが急にバタバタと騒がしくなった。

「りほさま～！」

「りほさま、おかえりにゃ～！」

「どこ行ってたんだよー、ブヒーッ！」

あやかしの子供達だ。

一斉にこちらに向かって駆けてくるものだから、地鳴りのような音がしている。

「モッフ～！」

真っ先に里穂に飛びついたのは、一番前を行く豚吉の頭の上に乗っていたモジャだった。

「モジャ！」

思わず里穂がぎゅうっと抱き締めると、モジャがゴロゴロと喉を鳴らす。

「モフッ！　モッフッフ～！」

「どこに行ってたんだって、怒ってるの？　ごめんなさい、寂しい思いをさせて」

そうこうしている間に子供達も辿り着き、あっという間に取り囲まれる。

「りほさま～、オイラも抱っこして！」

「急にいなくなったから心配したんだぞ～！」

「また会えてよかったー！　ブヒッ、ブヒーン！」

子供達にしっちゃかめっちゃかにされ、里穂は泣きながら笑った。

そして何度も子供達の頭を撫で、繰り返し抱き締めたのだった。

※

一方の朱道は、里穂との甘い時間を断ち切られ、やや不機嫌である。

「いや～、里穂さんは本当に人気者ですね～。ていうか子供にまで妬かないでくださいよ、大人げない」

「うるさい」

雪成のからかいを、朱道はむっつりとしたままあしらった。

「それはそうと、ようやくあのコレクションを渡せたようで僕もひと安心ですよ。ケゲングッズを目にするたびに買い込んだ甲斐がありましたね。主上が急にケゲングッズにのめり込みだしたから、あやかし界のゆるキャラに認定されるんじゃないかと巷(ちまた)で騒がれているのをご存じでしたか？」

「知るか。そもそも、お前が言い出したんだろ。里穂に好意を示したいのなら、あれを贈れと」

「まあ、そうですけど。まさかこれほど爆買いされるとは思ってもいませんでした。主上は女に冷たいけど、好いた女にはとことん甘いんですね、知らなかった。でもいいな、そういうの」

勝手にデレデレしている雪成は放って、朱道はいまだ子供達に取り囲まれている里穂に視線を戻す。

自分以外の者が彼女に触れているのを見るのは面白くないが、笑顔が見られるのは悪くない。

好いた女の笑顔はこれほど気持ちを昂(たかぶ)らせるのかと新鮮な気持ちになりながら、知らず知らずのうちに、彼自身も口元に微かな笑みを浮かべていた。

第三章　花菱家との因縁

〝釣った魚に餌はやらぬ〟ということわざがある。

親しい間柄になったら相手の機嫌を取る必要はないという意味で、男女の色恋沙汰によくあてはまるらしい。

色恋に無縁な里穂も、そういった知識だけはあった。

だけど朱道の場合は違うようだ。


「りほさま」

ある日の昼下がり。ようやく寝かしつけたはずの猫又の女の子が突然喋りだしたものだから、里穂は驚いた。

「あら、どうしたの？　起きちゃった？」

「うん。しゅどうさまのしせんが気になってねれないにゃ」

ハッとして後ろを振り返ると、閉めたはずの襖（ふすま）が微かに開いている。

襖（ふすま）の向こうを覗くと、廊下の先へと足早に遠ざかっていく赤い頭が見えた。

里穂は、布団の上できょとんとこちらを見ている猫又の女の子に向き直った。

「大丈夫、朱道様はもういないわ」

「しゅどうさま、どうしてよくここにくるの？」

「それは、みんながかわいくて仕方ないからよ」

「そうなの？　わーい、うれしいにゃ」

「さ、もう一度寝ましょう」

「うん！」

猫又（ねこまた）の女の子を再び布団の中に入れ、お腹をトントンと優しく叩いてやる。ほどなくして猫又（ねこまた）の女の子は、むにゃむにゃと深い眠りに落ちていった。

先ほど見た朱道の背中が頭に浮かび、胸がトクトクと高鳴る。

里穂を好ましく思っていると告白してからというもの、朱道は変わった。

まず、今のように、勤めの合間を縫って里穂の様子をたびたび見に来るようになった。

目が合うと逃げるようにいなくなるものだから、最初里穂は不安だった。

里穂の子供の扱い方に、朱道が不満を持っているのでは、と思ったのだ。

子供は好きだが、あやかしの子供に対する接し方がこれでいいのか、自信がなかった。

夕餉(ゆうげ)の際、さりげなくそのことを尋ねると、とたんに朱道は口を閉ざす。

だがやがて、気恥ずかしそうにこう答えた。

『……子供といるときのお前の笑顔がかわいいから見たくなるのだ』

これには里穂も、ボッと火が着いたように顔を赤らめた。

襖(ふすま)の向こうから騒がしいくらいの咳払(せきばら)いが聞こえたので、おそらく廊下にいる雪成にも聞かれたものと思われる。

とにかく、想いを打ち明けてからの朱道は、ひたすら里穂に甘かった。

だが、雪成いわく『女慣れしてないから見てられない』らしい。

里穂を喜ばせたいがために、ケゲングッズを爆買いするのもやめないし、ことあるごとに着物や髪飾りなどを贈りたがった。

さすがに申し訳なくて、やんわりと断ると、とたんにしょげたように逞(たくま)しい肩を落とす。

『朱道様がお傍にいてくだされば、私はそれでいいのです』

言葉足らずだったと慌てた里穂が、そう付け加えると、今度は満足そうに『そうか』と答えるのだった。

里穂の言葉や態度に一喜一憂する彼を、かわいいと思ってしまう。

あやかし界の頂点にいる男が見せる不器用な愛情表現に、里穂は、日を追うごとに惹かれていた。

(みんな寝たようね)

子供のお昼寝時間は、二時間と決めている。

その間里穂は、子供が散らかしたものを片づけたり、寄り添って眠ったりしていた。

「里穂様、おやつをお持ちしました。おや、みんなかわいく寝ていますね」

そこに、豚吉の母親が顔を出す。彼女が手にした盆には、きゅうりやかつおぶしなど、子供の好みに合わせたおやつが並んでいた。

豚吉の母親は、こうやって毎日のようにおやつを届けに来てくれている。

「豚吉くんのお母さん、いつもありがとうございます」

「面倒をみていただいているのですから、当然ですよ。あら、随分散らかしてますね。ほんと、申し訳ございません」

長机に盆を置くなり、辺りを片づけ始める豚吉の母親。

「あ、私がやりますから……」

「いいえ、とんでもございません！　里穂様に子供をみていただいているだけでも恐縮なのに、これくらい手伝わせてください！」

豚吉の母親は頑として手を止めず、観念した里穂は、座敷の片づけを彼女に任せることにした。自分は縁側に行って、散らかった玩具に手をつける。

無数にある小さな駒を箱に入れていたとき、縁側に面した庭に人の気配がした。

松の木陰に誰かがいる。

背中まである艶やかな黒髪の、美しい男だった。

朱道の男らしい美しさとも、雪成の中性的な美しさとも違う、神秘的な美しさ。黒と紫の上質そうな着物には毒々しい彼岸花の刺繍が施されている。

（この人、どこかで……）

記憶を辿った里穂は、雪成と御殿街道に買い物に行った際に見かけたあの男だと気づいた。彼の周りにだけ漂う独特な空気感は、忘れもしない。

あのときと同じように、藤色の双眸を、じっと里穂に向けている。

「里穂様？　どうかされましたか？」

庭先を見つめたまま立ち尽くしている里穂に、豚吉の母親が声をかけてきた。

「あの……。あの方はどなたですか？」

身なりからして、かなり高位のあやかしのようだ。

里穂の知らない、朱道の側近だろうか？

すると豚吉の母親が、不思議そうに首を傾げた。

「あの方とは？　お庭には、誰もいませんけど」

「え？」

里穂は、ぱちぱちと目を瞬かせた。

「ほら、よく見てください。あの木の陰に――」

だが再び視線を戻したとき、そこにもう男の姿はなかった。

「あれ……？」

「見間違いじゃないですか？　疲れていらっしゃるのでしょう」

豚吉の母親が、いたわるような声を出す。

「少しお休みになられてください。片づけは、すべて私がやりますので」

目をゴシゴシと擦(こす)っても、やはり誰もいない。

豚吉の母親の言うように、見間違いだったのだろうか？

でも、妙にリアルな幻影だった。

納得がいかないながらも、これ以上騒いでは子供達が起きてしまうと思い、里穂は豚吉の母親の言葉に従うことにした。

その日の夕餉(ゆうげ)。

先に食べ終えた朱道が、ソワソワと落ち着かない。

このところの経験から、何か伝えたいことがあると、彼がそういった態度になるのを里穂は知っていた。

「どうかされましたか？」

「……日中、お前に子守りばかりさせているのが気になってな。子供の面倒は大変だろう。俺は苦手だ」

そんなこと、と里穂は微笑ましくなった。

「大変などと思ったことはございません。好きでやっているので、お気になさらないでください」

「そうか」

そう返事をしたものの、朱道の顔は、納得がいっている風ではない。

まだ何か言いたいことが残っているのだろう。

里穂は黙って、彼から切り出すのを待った。

やがて、彼がボソボソと語り出す。

「お前は人間界でいうところの、高校生というものらしいじゃないか。中退扱いになっていると聞いたが、本当は卒業したかったんじゃないのか？」

中退だとか卒業だとかの言葉が彼の口から出てくるとは思わなくて、里穂は目を丸くした。

「人間界のことに随分お詳しいのですね」

「お前のことを知りたくて、学習したんだ。人間界の常識は、だいたい頭に入った」

何気なく発せられた言葉に、期せずして胸が高鳴る。

里穂は緩やかにかぶりを振った。

「卒業したかったといえばしたかったですけど、そこは気にしておりません。ただ――」

その先を続けるのを、里穂は一瞬躊躇する。

だがこうして朱道が歩み寄ってくれているのに、心の内を曝け出さないのは失礼な気がした。

「もう一度、学校に通えたらと思うことはあります」

里穂は、ずっと気がかりだった亜香里のことを朱道に話した。

となると必然的に、麗奈や煌から日常的に受けていた仕打ちについても語らなければならなくなる。

うなだれながらも、すべてを正直に告げ終えた。

「今度は、亜香里が標的にされているかもしれません。学校でどうしているのか心配で……」

朱道はしばらく考え込んだのち、里穂の目を見て、一言一句はっきりと言葉にする。

「お前が花菱家でどのように扱われていたか、調べはついている。あの家の人間の残酷さは異常だ。お前は何も悪くない」

里穂は、思わず目を見開いた。

もしも自分が強かったら、みじめじゃなかったら、もう少ししっかりしていたら……

理不尽な仕打ちを受けるたび、繰り返し自分を責めてきた。だが真っすぐな瞳に真っ向から射抜かれ、そう断言されると、見えていた世界が百八十度変わっていく。

無意識のうちに、目に涙が溜まっていた。

朱道が立ち上がり、里穂のすぐ脇に腰をおろす。

大きな掌（てのひら）が、後頭部をぎこちなく撫（な）でてくれた。

「もう一度言う、お前は何も悪くない。悪いのはすべて花菱家の人間どもだ。人間というのは、ときにあやかしよりもよほど恐ろしくなれるのだな」

堅苦しい口調から滲（にじ）み出る優しさに心打たれ、里穂はついに涙をこぼした。

つらかったことも、みじめだったことも、すべてを認めて受け入れてもらえたように思えたから。

「お前が望むなら、また学校に行くといい」

「……そんなこと、できるのですか？」

「大丈夫だ、俺に任せろ。だが、花菱の娘と息子がいるのが気がかりだ」

渋い顔を見せる朱道。

「行きたいです、行かせてください。麗奈と煌のことはもう大丈夫です」

――今の私には、あなたがいるから。

彼が自分を必要としてくれるなら、どんなひどい扱いを受けても強くいられる自信がある。

朱道は思い悩むような顔を見せたものの、里穂の真摯な眼差しに導かれるように頷いた。

「分かった。俺はもう、お前に我慢も無理も後悔もさせたくないんだ。この世で一番幸せな嫁にしてやりたい」

里穂はつい、むせ込みそうになった。

朱道は照れ屋のくせに、ときどき惜しげもなく甘い台詞を吐く。

そういうときは決まって平然と綺麗な顔を向けてくるものだから、視線のやり場に困った。

朱道の照れるポイントとそうでないポイントが、よく分からない。

「ありがとうございます……」

頬を染めながら瞳を輝かせる里穂の頭を、朱道はもう一度優しく撫でてくれた。

里穂の再入学準備は、早急に進められた。

翌日には、教科書や制服など、真新しい学用品が里穂のもとに届く。

再登校初日。

朱道とともに社殿を通って人間界に来た里穂は、花菱家とは反対の方向に連れていかれる。

下り立った先は、花菱家の三倍はある豪勢な和風屋敷だった。

（こんなところにお屋敷があったなんて……）

恐縮しながら、広大な日本庭園を突っ切る。

正面に辿り着くと、ピカピカの黒塗りの高級車が待ち構えていた。

門前にズラリと並んだ使用人達が、朱道と里穂に向かって、一斉に乱れなく頭を下げる。

「おはようございます」

「え、あ、おはようございます……」

わけが分からず、里穂は縋るように朱道を見上げた。

「ここは人間界での俺の別荘のようなものだ。表向きは百々塚家の所有物になっている」

「百々塚家って、まさかあの百々塚財閥のことですか……？」

「そうだ」

平然とした朱道の返事に、里穂は目を丸くする。

百々塚財閥とは、裏で日本社会を操っていると噂される大財閥だ。権力も財力も、花菱家の比ではない。本気を出せば、国を動かすこともわけないだろうとまで云われている。

「お前は花菱の家を出たことになっており、学校も退学処理されていた。だから今日からは百々塚家の養女になった体で、百々塚姓を名乗れ。百々塚の人間はあやかしにどこまでも従順だから心配ない」

朱道が言うには、百々塚家は、古くからあやかしと深い繋がりがあるらしい。人間社会において百々塚家がこれほどのし上がれたのも、すべてはあやかしのおかげであり、その恩義から永遠の忠誠を誓っているという。

そして帝の朱道が望めば、どんな要望もたちどころに叶えてくれるとのこと。

今回も、学校の手続きや、物品の調達にいたるまで、すべてをふたつ返事で引き受けてくれたそうだ。

（百々塚家のバックにあやかしがいたなんて）

考えてみれば、三百年前まで、人間とあやかしの世界に隔たりはなかった。互いが互いの世界を自由に行き来し、そのためいざこざが起こった。一方で密かに同盟が結ばれていても、おかしくはない。

「俺が送れるのはここまでだ。あとは、百々塚家の使用人が送ってくれる」

里穂が車に乗り込んだところで、朱道が名残惜しそうに言った。

帝の彼は、日々多忙だ。

本来は、こんなところまで付き添うことも考えられない。

「くれぐれも花菱家の人間には気を付けろよ」

「はい。朱道様、いろいろとありがとうございます」

窓越しににっこりと微笑むと、朱道は呆けたような顔になり、次いでほんのり目元を赤くした。

そして里穂を乗せた車が見えなくなるまで、その場から動こうとしなかったのである。

突如校門前に横付けされた高級車に、登校中の生徒達は騒然となった。

しかも中から出てきたのが、一ヶ月前に退学したばかりの評判の悪い生徒だと分かり、よりいっそう騒ぎが大きくなる。

「は？　あの女、なんでまた学校に来てんの？」

「ちょっと、どういうこと？　しかもなんで超高級車に乗ってるのよ？」

突き刺すような視線をあちらこちらから感じながら、里穂は門をくぐった。

すると——

「……え？　里穂？」

うしろから息を呑むような声がする。

そこには、久々に見る亜香里が立っていた。

たまらなくなって、里穂はすぐさま駆け寄った。

「亜香里！」

「うそ、本当に里穂なの……？　学校辞めたんじゃなかったの？」

「うん。いろいろあって、また通えることになったの。急にいなくなってごめんね、今度くわしく話すから。また亜香里に会えて嬉しい」

「そっか。とにかくよかった！　私も、また里穂に会えて嬉しいよ」

ふたりは手を取り合い、涙ながらに再会を喜んだ。

見たところ、亜香里は特別変わった様子がない。

元気そうな親友を見られて、里穂はひとまずホッとした。

里穂の再入学は、あっという間に学校中に知られた。

とりわけ、花菱ではなく百々塚姓を名乗っていることと、高級車での登校が話題を呼ぶ。

百々塚家に養女に行っただの、実は隠し子だっただの、根拠のない噂がどんどん広がっていった。

里穂は、亜香里と麗奈と同じ、もとのクラスに戻った。

麗奈は、最初驚いたように里穂を見ていたが、里穂が百々塚の姓を名乗ると顔色を変える。

昼休み。

里穂は麗奈に引きずられるようにして校舎裏に連れていかれる。

ふたりきりになるなり、麗奈は人形のようなかわいらしい相貌をゆがめ、般若のごとく里穂に迫った。

「なんで化け物に食べられたはずのあなたがここにいるのよ！　それも、百々塚家の養女になったですって⁉」

ものすごい剣幕に、里穂はたじろいだ。

虐げられていた記憶が自ずと蘇り、息苦しさを覚える。

けれど、以前とは違う。里穂はもう、彼女の下僕ではないのだ。

そう自分に言い聞かせ、どうにか気持ちを奮い立たせた。

「生贄というのは、勘違いだったの」

答えると、麗奈は「はあっ⁉」とよりいっそう語気を荒くした。

他の生徒達とは違い、麗奈は里穂が生贄として(いけにえ)あやかしに捧げられたことを知っている。だから里穂は、あやかし界に行ってからの経緯をすべて正直に話した。

あやかしの帝の嫁となり、彼の心遣いで、百々塚の姓を借りて再び学校に通えることになったことを――

「嫁ってなに？　ふざけてるの？」

納得がいかないというように、麗奈が眉間に皺(しわ)を寄せる。

「ようやく厄介払いできてせいせいしてたのに。どうして消えてくれなかったのよ！」

吐き捨てるようにそう言うと、腹の虫がおさまらない様子で大きく足を踏み鳴らし、里穂の前から去っていった。

ようやくのことで麗奈から解放され、里穂はホッと息をついた。

足が、ガクガクと震えている。

長らく染みついた麗奈への恐怖心は、そう簡単に拭えるものではないらしい。

だが少なくとも、今の里穂は、前ほどみじめではなかったと思う。

そう自負していると、校舎の陰から、男子生徒が現れた。

「なるほど。そういうことか」

煌だ。

引き攣ったような笑みを浮かべながら、こちらへと近づいてくる。

「それで、この間の男がお前の旦那ってわけだな。さすがはアバズレ、男を掌で転がすのはお手のものってわけか」

嘲笑う煌を、里穂は落ち着いて見返した。

不思議だ。麗奈のことはまだ怖かったが、煌は少しも怖くない。

以前、朱道を前に、恐れおののいていた彼を目にしたからだろうか。

こうやって高圧的に語られても、小型犬がキャンキャンと喚いているようにしか感じなかった。

物怖じしない里穂を見て、煌が苛立ったように片眉を上げる。

「おい、無視するな。俺にそんな態度をとっていいと思ってるのか？」

今の里穂には、するすると紐解くように、彼の心情が読みとれた。

おそらく彼は、里穂を蔑むことで、憂さ晴らしをしたいのだ。

里穂以外の人間の前では、歪んだ本性を隠して、いい子を演じないといけないから。

（みじめな人）

憐みに似た気持ちが込み上げ、いたわりの眼差しで見てしまう。

いつもと違う里穂の態度に、煌がたじろぐように足を止めた。

里穂は、立ち尽くす彼の横を無言で通り過ぎ、その場を離れる。

「なんだよ、下僕のくせに……」

背後から苦々しげな呟きが聞こえたが、振り返ろうとも思わなかった。


放課後、里穂は亜香里と連れだって昇降口に向かっていた。

「里穂、本当によかったね」

彼女には、休み時間に、里穂の身に起こったほとんどを簡潔に打ち明けてある。

亜香里は、里穂を騙し続けてきた稔に怒りを露にし、結果として朱道という最良の伴侶と出会えたことを、涙ながらに喜んでくれた。

優しい亜香里は、いまだズビズビと鼻をすすっている。

「泣き過ぎだよ、亜香里」

「だって、里穂が苦労してたのを知ってるから、自分のことのように嬉しくて……」

「ありがとう」

いい友達を持ったとしみじみ思いながら、里穂はしゃくり上げる彼女の背中を優しく撫でた。

「ところで里穂、あっちの世界にはどうやって帰るの？」

「門まで車が迎えに来てくれるから、それから――」

「モフ～」

話の途中で、胸元から声が聞こえ、里穂ははたと言葉を止める。その声は亜香里の耳にも届いていたようで、「え？　今、急におじさんみたいな声がしなかった？」と辺りをキョロキョロ見回していた。

「モフ！」

里穂の制服の胸ポケットから、灰色のモフモフの生き物が顔を出す。

「えっ、モジャ？　ついてきてたの？」

「モッフ～！」

ポケットの中で得意げに体を揺らすモジャ。

「え、何これ？　かわいい！」

亜香里が、目を輝かせた。

「毛羽毛現の子供なの。勝手についてきちゃったみたい」

「ケウケゲン？　へえ～。あっちの世界には不思議な生き物がいるのねぇ」

感心したように言いながら、亜香里は人差し指でつんつんとモジャをつつく。

モジャはくすぐったそうに、「モキュン」と体をよじっていた。

「きゃ～、ふかふか」

モジャの触り心地に大満足の亜香里。

そのとき、周囲が急に騒がしくなった。

昇降口にいる生徒達が、校門の方にちらほら顔を向けている。

つられて同じ方向を見た里穂は、あっと声を上げた。

校門前に横付けされた黒塗りの高級車の脇に、朱道が立っていたからだ。

「誰？　あの国宝級イケメン」

色めき立つ女子の視線を一身に浴びている彼は、人間界にいると、いつも以上に特別な雰囲気を纏って見えた。整い過ぎた相貌と百九十センチを超える長身も相まって、そこにいるだけですべてを呑み込んでしまうような迫力がある。

数時間ぶりに会えた喜びが、胸の奥から込み上げた。

「朱道様……」

「あの方が朱道様？　わっ、たしかに綺麗な人」

隣で、亜香里が驚きの声を出す。

「里穂を待ってるんじゃない？　早く行ってあげなよ。私のことはいいからさ」

気遣うように亜香里に背中を押された。

「うん、ありがとう。亜香里、またね」

「バイバイ、里穂。また明日！」

里穂は急いで靴を履き替えると、屋外に出る。

昇降口から出てきた里穂に、朱道はすぐに気づいたようだった。

たくさんの生徒達の視線を感じながら、自分を待ってくれている彼のもとへと早足で向かう。

「迎えに来てくださったのですか？　お勤めは大丈夫なのですか？」

「どうにかして時間を作った。お前が心配だったからな」

大きな掌（てのひら）に、ポンと優しく頭を撫（な）でられた。

「久しぶりの学校はどうだった？　花菱の人間に、ひどいことはされなかったか？」

「いいえ。とても楽しい一日でした」

申し訳ないと思いつつも、朱道がこうして迎えに来てくれたことが嬉しくてたまらない。

だって、会いたくて仕方なかったから——

声を弾ませる里穂を、朱道は穏やかな目で見つめ、彼女の学生鞄を手に取った。

「それはよかった。では帰ろう、お前の家に」

お前の家——朱道のささやかな言葉が、里穂の心を震わせる。

雪成や、あやかしの子供達、御殿で働く者達の顔が順々に頭に浮かんだ。

そして、目の前で里穂に手を差し伸べている赤い髪の彼。

今の里穂には、自分を必要とし、いたわってくれる場所がある。

「はい……」

ふわりと笑って、里穂は差し出された彼の手を取った。

※

「あの人、百々塚家の御曹司？　あんないい男見たことないんだけど」

「あんなにさりげなく着物を着こなすなんて、やっぱ風格が違うね」

教室の窓から校門を見下ろしている麗奈の隣で、取り巻き達がため息まじりに話している。

「ていうか麗奈、どうなってんのよ？　あの女、素行の悪さが原因で家を追い出されたんでしょ？　百々塚家に貰われたなんて聞いていないわよ。あんな淫乱女がどうしていい目を見なきゃならないわけ？」

詰め寄ってきた取り巻きのひとりを、麗奈はぎろりと目で威嚇した。

「……ひっ」

麗奈が放つただならぬ空気に、彼女は怯え、跳ねるように身を離す。

「……じゃ、じゃあ私達先に帰るわ」

「またね、麗奈……！」

取り巻き達は、麗奈の機嫌を窺うように声をかけながら、そそくさといなくなった。

窓辺にひとり取り残された麗奈は、なおも外を凝視する。

男と里穂を乗せた高級車は、いつしか道の先に消えていた。

窓枠についた指先に、ぎりっと力がこもる。

あまりにも現実を受け入れ難くて、立っているのもやっとの状態だ。

（あの男が、あやかしの帝？）

三百年前、人間とあやかしの世界が断絶されてから、あやかしは人間界でほとんど目撃されなくなった。父親から話を聞いたことはあるものの、麗奈があやかしを目にするのは初めてだ。

生贄（いけにえ）を欲するくらいだから、醜い化け物とばかり思っていたのに。

里穂を迎えに来た彼は、見たこともないほど美しい容姿をしていた。

燃えるように赤い髪に、スラリと均衡のとれた体躯。

見ているだけでうっとりするほど整った顔。

今まで数多くの男と付き合ってきたが、あれほどの男はいなかった。

しかも、あの醜い女が百々塚家の恩恵を受けているなど我慢がならない。

百々塚といえば、名前を耳にしただけで、誰しもが畏敬の念を抱く日本一の大財閥だ。

（あの男も百々塚の名も、私が手に入れるはずだったのに）

生贄ではなく、あの男に嫁ぐのならば、自分がふさわしかった。

ぎりっと歯を食いしばり、屈辱に耐える。

幼い頃から蝶よ花よともてはやされてきた麗奈は、いかなるときも、屈辱とは無縁だった。

悔しくて悔しくて、このまま死んでしまいそうだ。

（必ず、取り返してやるわ……！）

掌に爪が食い込むほど拳を固く握り込み、麗奈は強く心に誓った。

※

復学して三日後。

里穂は亜香里とともに、学校近くのカフェに来ていた。

結局毎日迎えに来てくれる朱道には、今日は二時間ほど遅れて校門前に来てほしいと告げてある。

一度、亜香里とゆっくり話したいと思っていたからだ。

学校ではいたるところで聞き耳を立てられていて、思う存分ふたりの会話ができない。

古民家を改装した和モダンな店内で、心弾ませながらメニュー表を眺める。

「亜香里は何にする？」

「えーと、抹茶ラテにしようかな。里穂は？」

「私は、この柚子ラテっていうのにしてみる」

一年ほど前にオープンしたこのカフェのことは、ずっと気になっていた。けれど花菱家に住んでいた頃は、学校が終わるなり家に帰って使用人の仕事をしなくてはならなかったため、行けるはずもなかった。そもそも、自由に使えるお金もなかった。

それが今は、こうして堂々と立ち寄ることができる。お小遣いも、子守りの報酬だと言って、朱道が人間界のお金を渡してくれた。

ドリンクを飲みながら、まずは会えなかった間、亜香里がどうしていたかを尋ねる。

「向こうの世界に行ってから、ずっと心配だったんだ。亜香里が、麗奈にひどいことされてないかって」

「ああ、それね。たしかにはじめの頃はちょっかい出してきたけど、バカバカしくて無視してたら何もしなくなってきたの」

何でもないことのように、笑い飛ばす亜香里。

つらいこともあっただろうに、里穂への気遣いから、そんな風に言ってくれる彼女に胸が熱くなる。

「麗奈はどうでもよかったけど、里穂に会えなかったのは寂しかったかな」

「……急にいなくなって、本当にごめんね」

「なんで謝ってるのよ！　里穂は何も悪くないじゃない」

どこまでも優しい親友の存在を、改めてありがたく思う。

会話が一段落したところで、亜香里が改まったように聞いてきた。

「ところで里穂、いいの？」

「何のこと？」

「あのひどい噂だよ。どんどん悪化してない？」

亜香里が何を言いたいか、里穂にも分かった。

もともと、麗奈の嘘のせいで、学校での里穂の評判はすこぶる悪い。麗奈は自分が取り巻き達の彼氏と浮気しまくっていることを隠すため、すべての罪を里穂になすりつけていた。そのため里穂は、男に見境のない尻軽女として、学校中から軽蔑されていたのだ。

一度退学になったのも、そういった素行の悪さが原因と思われているらしい。

そんな状況で百々塚の姓を名乗って再入学したものだから、パパ活をして百々塚の当主を丸め込んだだの、体を売って名を手に入れただの、噂は悪化の一途を辿っていた。

「気にしてないよ。だって、全部嘘だし」

この学校における、麗奈と煌の権力は強大だ。

花菱家という家柄に加え、フランス人形のように愛くるしい麗奈と、天使と見まがうほどの美少年の煌。男子は皆麗奈に、女子は皆煌に憧れているといっても過言ではない。

里穂ひとりが抗ったところで、結果は見えている。

波風立てないように、じっとしていた方が賢明だ。

笑って流す里穂を、亜香里は納得がいかない目で見ている。

「でも、おかしいよ。里穂は被害者で、悪いのは全部麗奈なのに。噂がひどくなってるのも、麗奈が広げてるからなんじゃない？　あの女ならやりかねないよ」

「大丈夫、本当に気にしてないから」

（でも、もしも朱道様が耳にしたら）

ふと、そんな懸念が頭をよぎった。

今まで、幾度も麗奈に濡れ衣を着せられてきた。

亜香里以外の誰もが麗奈の言うことを信じ、里穂を悪者にした。親切だった人や仲が良かった友達から、ある日突然白い目を向けられたのも、一度や二度ではない。

朱道に限ってそんなことはないと思うが、万が一、彼が麗奈を信じたら……という不安が、胸の奥にくすぶりだす。

カフェの前で亜香里と別れ、校門に戻ると、すでに朱道が待っていた。

「朱道様、もしかして待たせてしまいましたか？」

約束の二時間より早めに切り上げたため、もう来ているとは思わなかった。

「俺が早く来たかったんだ、気にするな」

朱道は表情を柔らかくし、そう答える。

言葉にしなくとも、会いたかったという想いが伝わってきて、胸がぎゅっと疼いた。

「楽しんできたか?」

「はい、とても」

「そうか。では帰ろう」

朱道が里穂を車内に誘(いざな)おうとしたときだった。

「――少しいいですか?」

背後から軽やかな声が響く。

そこには、いつも以上にしっかりとメイクをした麗奈が立っていた。

髪の巻き具合にも気合が入っていて、輝くような愛くるしさを放っている。

「はじめまして。私は花菱麗奈と申します。あなたにお伝えしたいことがございまして、こうして参りました」

里穂には一瞥(いちべつ)もくれず、朱道だけを真っすぐに見つめ、麗奈が言う。

それからしなやかに手を伸ばし、慣れた仕草で朱道の腕に触れた。

その光景を見た里穂は、軽い息苦しさを覚える。

「この女の素性をご存知ですか? この女には、花菱の血など一切流れていません。どこの馬の骨とも知れない怪しい生まれなのです。あなたのもとに嫁ぐのは、本来は花菱の血を引く私だったのですよ」

麗奈の堂々とした声が、里穂の胸を突き刺した。

「私の方があなたのお傍にいるのにふさわしい人間です。あなたもそうお思いになりませんか？」

麗奈の言っていることは正論だった。

三百年前の掟では、百年に一度、花菱家からあやかしの帝に嫁を捧げることになっている。養女の里穂は、戸籍上は花菱家の娘だが、血は一滴たりとも流れていない。朱道の嫁になる権利があるのは、正式には麗奈なのだ。

「今からでも遅くはありません。私をあなたのお嫁さんにしてください」

しっとりと小首を傾げて微笑む麗奈は、目が眩むほどかわいい。

この笑顔にほだされない男など、この世にいないのではないかと思う。

過去のさまざまな思い出が、里穂の脳裏に蘇った。

里穂にいじめられたと麗奈に嘘をつかれ、友達が全員去っていった中学時代。

彼氏を寝取ったという濡れ衣を着せられ、女子達からゴミやペットボトルを投げつけられた高一の頃。

皆、いつだって麗奈を信じた。

麗奈はそういう星のもとに生まれた人間だ。

里穂とは違う、別次元の女の子――

知らず知らずのうちに、足がじりじりと後退していく。

朱道が麗奈を選ぶ場面を目にする前に、ここから逃げ出したい。

とてもではないが、寄り添うふたりを見ていられない。

けれども、震える手を朱道にガシッと掴まれる。

その掌の熱さに、里穂はハッと我に返った。

「どこに行く？　俺の傍にいろ」

力強い声が、里穂の鼓膜を震わせる。

見上げると、赤い瞳が、ぶれることなく里穂を見つめていた。

それから朱道は麗奈に向き直ると、ゾッとするほど冷たい声で言い放つ。

「どけ、醜女」

「しこめ？　私の名前は麗奈でございます」

麗奈は優美な笑みを浮かべたまま、そこを動こうとしない。

「醜女の意味も分からないのか。呆れたものだな」

苛立ったように、朱道が言う。麗奈は腑に落ちない顔をして、ポケットからスマホを取り出すと、何やら操作を始めた。どうやら、語句の意味を検索しているようだ。

「〝しこめ——醜く凄まじい女のこと〟……って、はあっ!?」

麗奈はスマホを持つ手をぷるぷると震わせ、怒りのあまり顔を真っ赤にする。

「私のどこがブスなのよ！」

喚く麗奈を無視して朱道は里穂の手を引くと、車に乗り込んだ。

車が動き出しても麗奈は何やら喚いていたが、ドアの向こうにいるため、何を言っているのかはもう分からない。

朱道は、何事もなかったかのような顔をしている。

そして何とも的外れな質問をしてきた。

「あの女が持っていた硯のようなものはなんだ？」

「……硯？　スマホのことですか？」

里穂はスマホについて、かいつまんで朱道に説明した。

先ほどの麗奈のように、分からないことや知りたい情報を調べられること。

そのうえ、電話やメッセージのやり取りもできること。

「人間界には、奇妙な道具があるのだな」

朱道は感心したように言うが、里穂は先ほどの醜女発言が気になってそれどころではなかった。

「あの……」

「なんだ？」

「朱道様には、麗奈が醜女に見えるのですか……？」

里穂の目から見て、麗奈は特別かわいい。

性格はともかく、あれほど愛くるしく、見ているだけで守ってあげたくなるような容姿の女の子には、麗奈以外会ったことがない。周りのお墨付きもあるし、それはたしかなはずだった。

「当たり前だろう。女は皆醜いが、あれは特にひどい。昔退治した鬼女にそっくりだ」

朱道は苦々しげにそう言うと、里穂に視線を向ける。

麗奈のことを物語っていたときとは対照的に、その眼差しがあまりにも柔らかくて、里穂は心臓をじわじわと温められるような気分になった。

互いの手は、車に乗る前からずっと繋がったままだ。

「だが、お前は違う。俺の嫁は、この世で唯一美しい」

飛び出しそうなほど、心臓が大きく鼓動を打つ。

里穂は火が着いたように顔を真っ赤にした。

「美しいなんて……」

あやかし界に住んでから、よい食事を与えられ、よい着物を着せてもらえ、以前よりは多少なりとも見てくれがマシになったかもしれない。

けれど顔立ちは相変わらず地味だし、体だって薄っぺらいのに。

「その木の実のような赤い唇も、おろしたての絹のような肌も、すべてが綺麗だ」

里穂の自信のなさを打ち消すように、朱道は彼女の容姿を賛辞した。

「特に気に入っているのは、この艶やかな髪だ」

繋がっているのとは反対の手が伸びてきて、肩下までの里穂の髪をひと房掬い上げる。

そして掬った毛先に唇を寄せた。

いつになく大胆な彼の行動に、心臓がバクバクして、呼吸が止まりそうになる。

（ずっとカラスみたいだとか、黒過ぎて気味が悪いとか言われてきたけど）

朱道がそう言ってくれるなら、そんな苦い過去が瞬く間に掻き消されるほど嬉しい。

「ありがとうございます……」

頬を紅潮させてお礼を言うと、朱道が我に返ったように目を見開いた。

それから軽く咳払いをし、髪から顔を遠ざけそっぽを向く。

そしてわざとらしいくらいに、こちらを向かないままだ。

どうやら、今更のように恥じらいが込み上げたらしい。

だけど座席の上で繋がった手はそのままで——百々塚家の屋敷につくまで、朱道は手をほどこうとしなかった。


生まれつき宝石のような美しさを持ち、蝶よ花よともてはやされてきた麗奈にとって、醜女という罵りはかなりの打撃だったはずだ。

それなのに、彼女は諦めなかった。

翌日も、その翌々日も、学校に里穂を迎えに来る朱道に果敢に話しかける。

どんなに暴言を吐かれようと、冷たくあしらわれようと、自分の方が里穂より上だという揺るぎない自信があるのだろう。

これにはさすがの朱道も、参っているようだった。

里穂も気にしないように努めていたのだが、ある日ついに無視できない事態が訪れる。

「こんにちは」

その日、門前に立つ朱道と里穂の前にどこからともなく現れた麗奈は、数人の取り巻きを連れていた。

くるくるの巻き髪に、隙のないメイク。麗奈に負けず劣らずの、派手な見た目の女子ばかりである。

にっこりと優美な笑みを浮かべる麗奈の後ろで、取り巻き達は睨むように里穂を見据えていた。

またお前か、というように朱道は眉をひそめると、「行くぞ」と里穂に声をかける。

そこにザッと足音がして、取り巻き達が迫ってきた。

「その女の本性を、ご存じなのですか？」

「私はその女に、彼氏を寝取られました」

「私も」「私もです」という声が重なる。

麗奈の嘘を信じ込んでいる彼女達は、本気で里穂を憎んでいるのだ。

キンキン声に、朱道がうっとうしそうな顔をした。

「その女は、か弱いふりをして、男をたらしこむのがうまいんです。あなたも絶対に騙されています！　今すぐにでも、そんな女は捨ててください！」

里穂の背筋を、冷たいものが走った。

口々に里穂を罵る取り巻き達の背後で、麗奈は勝ち誇ったようにほくそ笑んでいる。

「あなたのためを思って言っているのです……！」

取り巻きのひとりが、ひときわ大きな声を上げた。

その声音には、切実な思いが込められていて、自分が悪いわけではないのに里穂は胸が苦しくなった。

ちらりと見た朱道の顔は、見たことがないほど強張っていて、里穂は生きた心地がしなくなる。

朱道が彼女達の言うことを信じて、里穂に嫌悪を抱いているように見えたのだ。

だが――

「行くぞ」

いつもと同じ調子で、朱道が里穂に声をかけてきた。

その様子を見て、取り巻きのひとりが、理解しがたいというように声を荒らげる。

「聞いてました？　そんな下品な女、捨てた方がいいと言ったのです。あなたのためを思って忠告してるんですよ！」

すると朱道が、眼光鋭く彼女を見つめた。

さすが、泣く子も黙るあやかし界の頂点に君臨する男。

その眼差しには鬼気迫るものがあり、取り巻き達は口を縫われたかのように一斉に口を閉ざす。

「俺は自分で見聞きしたことだけを信じる。他人の口から語られた話などどうでもいい。里穂がどんな女かは、俺が一番知っている」

言い終えるなり、朱道は里穂の手を引き、あっという間に車に乗り込んでしまった。

エンジン音とともに、車が走り出す。

バックミラー越しに様子を見ると、麗奈とその取り巻き達は、いまだ門前に立ち尽くしていた。

「朱道様……」

感動のあまり、里穂は目頭が熱くなるのを感じた。

悪意を撥ねのけ、自分を信じてもらえた。

里穂がどんな女かは、俺が一番知っている——その言葉が本当に嬉しくて、朱道への想いが一気に膨れ上がる。

そんな里穂の気持ちを分かっているかのように、朱道が優しく頭を撫でてくれた。

「どの世界の女もやかましいものだな。ひとり残らず捻りつぶしたいところだが、それができないのがもどかしい」

朱道は冗談なのか本気なのかよく分からない台詞をこぼしながら、心底疲れたようにため息を吐いた。

「だが、今回ばかりは俺も腹の虫が治まらない。大事な嫁を侮辱されたんだからな。あやかしだったら、針千本の刑に処するところだ」

赤い瞳の奥が、怒りでちりちりと燃えている。

それから朱道は、顎先を撫でながら不敵な笑みを浮かべた。

「まあ、直接手を出さなければ問題ないだろう。少しこらしめてやるか」

「こらしめてやるって……どうやってですか？」

三百年前の掟で、あやかしは人間に危害を加えてはいけないことになっているはずだ。

直接的ではないこらしめ方がどういうものかピンとこない里穂は、首を傾げた。

「簡単だ。お前の妹の本性を、暴露してもらう。人間はあの女の言いなりのようだから、人間以外の者にな」

「人間以外の者……？」

人間以外の者といえば、あやかししかいないだろう。

（まさか雪成さんを連れてきて、ペラペラと喋らせるの？）

里穂がとりとめのないことを考えていると、「まあ、明日を楽しみにしとけ」と朱道がニヤリと笑った。

翌日の休憩時間。

ドンッと誰かに背中を押され、窓際で亜香里と話していた里穂はよろめいた。

クスクス……という笑い声を響かせながら女子の集団が通り過ぎたが、誰が押したのかは分からない。

「里穂、大丈夫？」

心配そうに問う亜香里に、里穂は清々しい笑みを返す。

「これくらい平気だよ。心配しないで」

「ほんと、幼稚な嫌がらせばかり。嫌になるね」

亜香里がため息まじりに言った。

再入学してからは、使い走りにされたり水をかけられたりといった露骨な嫌がらせはなくなっている。

里穂のバックに、百々塚家がいるからだろう。

だがいつも白い目で見られているし、先ほどのような小さな嫌がらせは続いていた。

それでも、以前よりはずっと過ごしやすい。

「あーあ、どっかに消えてくれないかしら」

「ほんと目障り」

教室の中央を陣取っている麗奈の一味が、メイク直しをしながら、わざとらしく声を張り上げた。視線は里穂に向いているため、誰に対しての言葉かは明らかだ。

「百々塚家に行くのも、本当は麗奈だったんでしょ？　またあの女に横取りされてかわいそう」

どうやら、彼女達の中ではそういう話になっているらしい。

「もう気にしてないわ。みんなに被害が及ばないなら私はそれでいいの。だって、私の大事な友達だもの」

にっこりとかわいらしく微笑む麗奈を、取り巻き達は「麗奈、優しい～」「なんていい子なの」と口々にほめたたえた。

「何あのやり取りは。聞いてるだけでヘドが出そう」

亜香里が顔をしかめながら言う。

完璧な麗奈の演技には、里穂も苦笑いするしかない。

「あれ？」

すると、メイク直しを終えた麗奈が素っ頓狂な声を上げた。制服のポケットや鞄の中を次々に確認して、「スマホがない」と騒ぎ立てる。

取り巻き達も一緒になって探していたが、見つからないらしい。

「ずっと机の上に置いてたはずなんだけど」

麗奈は、首を捻りながら腑（ふ）に落ちない顔をしていた。

その様子を何の気なしに見ていた里穂も、違和感に気づく。

「あれ？　モジャがいない」

登校時、いつものように胸ポケットに潜り込んできたモジャが消えている。

休憩前までは、たしかにポケットの中で眠っていたはずなのに。

「え？　モジャくん、いなくなっちゃったの？」

「うん。どこかで落としちゃったのかも」

里穂は辺りをキョロキョロと見渡したが、それらしきものは見つからない。毛玉に間違われて捨てられたらどうしよう、と心配になったそのとき――

教室に備え付けられたスピーカーに、突然スイッチが入った。

【ユウジくん、次はいつ会える？】

胸焼けするほど甘ったるい麗奈の声が聞こえ、教室にいる生徒全員が訝（いぶか）しげな顔をする。

なぜなら、今、麗奈は教室のど真ん中にいるからだ。

【昨日の夜、すごくよかった。早くまた会いたいな】

まるで、通話の録音のようだった。

スマホを探していた手を止め、麗奈がガタッと椅子から立ち上がる。

【いいよ、どこで会う？　学校？　じゃあ、放課後、体育倉庫に来て。真奈美にバレないようにこっそりよ？】

「え？　何、どういうこと？」

取り巻き達は、困惑した顔でスピーカーと麗奈を見比べている。

「ユウジくんって、真奈美の元カレのユウジくん……？」

「え？　里穂に寝取られたって言ってたよね……」

教室の雰囲気が不穏になる中、スピーカーからノイズが流れたかと思うと、今度は鈴が鳴るような愛らしい笑い声が響いた。

【心配しないで、ケントくん。早紀にはバレないわ。私じゃなくて里穂が浮気したってことにしとけば大丈夫。みんな私の言うことは信じるから】

また、麗奈の声だ。だが今度の電話の相手は、先ほどとは違うらしい。

甘え声での会話のあと、その通話もまた途切れた。

「な、なによこれ……っ！」

立ち尽くし、ワナワナと震えている麗奈。その後も容赦なく放送は続き、今とはまるで別人のような明るい麗奈の声が、学校中に響き渡る。

ショウタくん、レンくん、アツシくん……

新たな名前が聞こえるたびに、取り巻き達がひとり、またひとりと表情を曇らせた。

全員が、おそらく彼女達の彼氏、もしくは元カレなのだ。

「だ、だれよ……っ！　こんなことしたの……！」

麗奈が血相を変えて喚きだす。

顔色をなくした取り巻きのひとりが、麗奈に詰め寄った。

「麗奈、どういうこと？　今の、通話の録音だよね？」

「違うわ！　私を陥れるために、誰かが勝手に作ったのよ！」

「でも、今のは間違いなく麗奈の声だったよ。喋り方のクセまでそっくりだったし。あんなの、そんな簡単に作れる……？」

取り巻き達が、腑に落ちないといった顔を互いに見合わせる。

すると、そのうちのひとりが、「おかしいと思ってた……」と声を震わせた。

「私、少し前にユウジくんとヨリを戻したの。だけど、私の目を盗んで誰かとコソコソ電話してるのを見かけて……。その電話で学校で会いたい、みたいなこと言ってたから、また里穂と浮気してるのかと思って別れたんだけど、考えたらそのとき里穂は学校辞めてたのよね……」

取り巻き達が、麗奈に一斉に鋭い視線を向ける。

もはや弁解のしようがなくなった麗奈は、呆然とその場に佇(たたず)んでいた。

「麗奈……。私達を騙(だま)したの？」

「彼氏を寝取っておきながら、里穂のせいにしてたなんてサイテー」

取り巻き達が、怒(いか)りも露(あらわ)に麗奈ににじり寄る。

すると麗奈は、椅子を蹴飛ばすようにして教室から飛び出した。

「ちょっと、誰よ！ 出てきなさいよ！」

廊下から、麗奈の叫び声が聞こえる。おそらく放送室に向かったのだろう。

そのときふと、窓の外に、昇降口から出ていく赤い頭が見えた。

（え？ 朱道様……？）

だが瞬(まばた)きをした一瞬のうちに消えてしまう。

（気のせいだったのかな……）

首を捻っていると、「モフ！」という小さな声がした。

周囲を見渡した里穂は、教室の床を滑るように這っているモジャに気づく。その頭の上には、なぜかピンク色のスマホがのっている。

（え？　あれって麗奈のスマホじゃ……）

ざわついている生徒達は、床を這う小さな妖怪には気づいていない。それをいいことに、モジャは華麗にジャンプして麗奈の机にポンとスマホを置くと、里穂のもとに戻ってきた。

「モッフ〜！」

嬉しそうに、里穂の胸元に飛び込むモジャ。

里穂は、ヒソヒソ声でモジャに問いかけた。

「モジャ、どうして麗奈のスマホを持ってたの？　もしかして、さっきの放送はモジャの仕業？」

「モフ〜ン、モフッ、モッフーッ」

モジャは意味深な鳴き方をするが、毛羽毛現の言葉が理解できない里穂には、何を言っているのか分からない。

結局真相が分からないまま、チャイムが鳴り、騒々しかった教室もようやく落ち着きを取り戻した。

授業の終わりごろ、麗奈が憤慨しながら戻ってくる。どうやら、放送室で何の収穫も得られなかったようだ。だがその頃には、教室の空気は明らかに変わっていた。

取り巻き達は麗奈に憎悪の視線を向け、近寄ろうともしない。

他の生徒達も軽蔑の目で見て、ときどきヒソヒソと噂し合っていた。

そしてそれ以降、麗奈に声をかけようとする者はひとりもなく、麗奈は苦い顔で一日を終えたのである。

放課後。

いつものように、朱道が車で里穂を迎えに来た。

昼間の出来事が尾を引いているようで、麗奈は姿を見せなかった。

「うまくいったな」

里穂とともに車に乗り込み、開口一番そう呟いた朱道。

彼の口ぶりから、里穂は確信を得た。

「やっぱり、昼間、昇降口から出ていかれたのは朱道様だったのですね？　あの放送を流したのも、朱道様なのですか？」

「そうだ。こいつに、あの醜女（しこめ）のスマホとかいう道具を持ってきてもらってな」

里穂の制服の胸ポケットから顔を覗かせているモジャを、朱道がよしよしと撫（な）でる。モジャは気持ちよさげに目を細めていた。

「あの道具には、あの女の不貞行為の記憶がたくさん残っていた。だから付喪神を呼び出して、そのときの音声をそのまま再現させたんだ」

あやかし界のトップに君臨している朱道は、数えきれないほどの異能を操れる。とりわけ、付喪神との対話を得意としていると聞いたことがあった。

「付喪神って、どんな道具にも宿ってるんですか？　古いものにだけ宿っているのかと思っていました」

「新しくても使い込まれていたり、愛着を持たれている物には宿っている。あの女は、そうとうあの道具を使い込んでいたようだな。これでお前の身の潔白が証明されただろう。俺の嫁が侮辱されるのは我慢がならない。とくに男絡みだと、心中穏やかではいられない」

「朱道様……」

熱い眼差しを向けられ、里穂は頬を染める。

朱道が言っていた、人間以外の者に麗奈の本性を暴露してもらうとは、つまりこういうことだったのだ。

「里穂」

伸びてきた彼の手が、昨日と同じように里穂の髪に触れた。

特に髪が美しいと言われたことを思い出し、里穂はまた恥ずかしくなる。

「お前は少し我慢をしすぎる。これからはもっとわがままになっていい。少なくとも俺の前ではわがままでいろ」

「ありがとうございます……」

こんなにも甘やかされていいのかと戸惑うくらい、朱道は里穂に優しい。

大事にされればされるほど、里穂は確実に変わっていく。

世界が明るく輝いて、心から笑えて——みじめなはずの自分が、特別な者にでもなったような気分になるのだった。

あの放送をきっかけに、麗奈の本性は次々と明らかになった。

女子達に詰め寄られ、麗奈と関係を持った男子達が告白したからだ。

麗奈の男漁りは想像以上にひどく、学校内に留まらず、広範囲に渡っていた。

あまりにも卑怯なやり口の数々に、花菱家の令嬢という特別な肩書が意味をなさないほど皆から嫌われる。

翌日から、麗奈に話しかける生徒はいなくなった。

ひとりでいる麗奈を見てヒソヒソと噂をしては、侮蔑の目を向ける。

まるで、以前の里穂を見ているようだった。

勝気な麗奈はそれでも気丈な顔をしていたが、数日後から、ついに学校に来なくなったのである。

※

(くやしい！　なんで私がこんな目に遭わないといけないのよ！　あり得ない、あり得ないわ！)

平日の昼間。

ピンクを基調とした、フリルが盛りだくさんの乙女チックな部屋で、麗奈はベッドに突っ伏し、唇を噛んでいた。

（私はこの世界で一番大事にされないといけない女の子なのよ！　こんなにかわいくてお金持ちなのに、こんなことがあっていいわけがないわ！）

悔しさで、握り込んだ拳がわなわなと震えている。

頭の中を繰り返しよぎるのは、軽蔑の眼差しを向ける同級生達と、困惑顔でこちらを見ている里穂の顔。その隣にはあの赤髪の美しい男がいた。

どうして自分があの立場にいないのかと、イライラが募る。

すると、ドアをノックする音がした。

「麗奈ちゃん、どうしてずっと学校をお休みしているの？　お願いだから話を聞かせて」

「いい加減出てきて話しなさい。いったい何があったんだ」

母の蝶子と父の稔だ。

学校を休んで部屋に引きこもっている麗奈に対し、ずっとこの調子である。根掘り葉掘り聞きたいようだが、麗奈は一貫して無視していた。

もとはといえば、嫁を生贄（いけにえ）と勘違いした両親が悪いのだ。

しきたりどおり、里穂ではなく麗奈をあやかし界に送っていれば、こんなことにはならなかった。自分はあの赤髪の男に大事にされ、今頃は百々塚家を意のままに操れる立場にいたのに。

だが麗奈は、ふと妙案を思いついた。

（そうよ。里穂がいなくなれば、すべてが私のもとに戻ってくるはずだわ）

残る花菱家の娘は、ただひとり。

里穂が手にした幸福は、ごっそり麗奈に移行するだろう。

（そのためには、協力してもらわなくちゃ！）

麗奈は閃（ひらめ）くと、ベッドを飛び降りてドアを開けた。

「まあ、麗奈ちゃん。こんなにやつれて、髪もパサパサになってしまって……。きっとつらいことがあったのね」

麗奈を見るなり、蝶子はひしと抱き締めてきた。

蝶子と麗奈は、茶色い巻き髪も、ぱっちりとした二重の目も、とてもよく似ている。

勝気な性格も、おそらく母親譲りだろう。

「ふあーん、ママぁっ……！」

母親が自分にはとことん甘いと知っている麗奈は、彼女の腕の中でしおらしく泣いた。蝶子はいつも、麗奈が望めば、どんなわがままもたちどころに叶えてくれる。

「かわいそうに。もしかして、学校で何かあったのかい？」

心配そうに、麗奈の肩に手をかける稔。蝶子のようにあからさまではないが、彼もまた相当な親バカだということを麗奈は知っていた。

麗奈はグスンと鼻を啜り、ふるふると頭を振る。

「……言えないわ。言ったら、何をされるか……」

震え声を出し、麗奈は口を両手で塞ぐ。

これで、〝悪者に口止めされているかわいそうな自分〟の演出はバッチリだ。

思ったとおり、稔は表情を険しくした。

「いいから、怖がらずに言ってごらん。必ずパパがどうにかするから」

「パパ……」

麗奈は瞳をうるうるさせる。

「実は、里穂がひどいことをするの……」

「里穂⁉」

「どういうことだ⁉」

思いもしなかった名前に、ふたりは目を剥いている。里穂が学校に戻ってきたことは、両親に伝えていなかった。そのため、あやかしの生贄になってとっくに死んだと思っているのだから、驚くのも当然だろう。

麗奈は、里穂の身に起きた出来事を説明した。

あやかしの生贄ではなく、嫁となったこと。

百々塚の後ろ盾を手に入れて、学校に再入学したこと。

「百々塚家がバックにいるものだから、里穂は突然横柄になって……私にひどい嫌がらせをするの。水をかけたり、足を引っかけたり……」

自分が里穂にしてきたことを、適当にでっち上げる。

「まあ、なんてこと……！」

蝶子の顔に、みるみる怒りが満ちていった。

「まさか、生贄じゃなくて嫁だったというのか……？　しかも百々塚家が後ろ盾に……？　伝聞と全く違うじゃないか」

いつになく語気を強めている稔も、動揺を隠せていない。

「くそっ。分かっていたら、養女など引き取らずに麗奈を送り込んでいたのに」

小さく舌打ちした稔は、百々塚家の後ろ盾を取り逃がしたことを、相当悔やんでいるようだ。

「おーよしよし、怖かったわね」

蝶子は、腕の中の麗奈を愛しげに撫でる。

それから、悔しさをこらえるようにぎりっと歯ぎしりをした。

「それにしても、なんて恩知らずな娘なの。さんざん世話になっておきながら、自分の立場がよくなったとたん、掌を返して麗奈をいじめるなんて……！」

「ああ、そうだな。まさか、恩を仇で返すとは」

稔も、憎しみのこもった目で宙を睨み据えている。

「どこの馬の骨かも分からないくせに、百々塚の名を語るなどおこがましい。麗奈こそ、百々塚の名にふさわしい娘だと思い知らせてやる」

※

里穂の目の前で、朱道が眠っている。

表情は安らかだが、額に浮かんだ汗に昨夜の苦悶のあとが見てとれた。

朱道の悪夢は、相変わらず続いていた。

夜中に彼のうめき声が聞こえたら、里穂はすぐに彼の部屋に行き、こうして朝まで寄り添っている。

彼いわく、里穂が手を握ると、悪夢は徐々に途切れるらしい。

だが、悪夢を見る回数が減ったわけではない。

朱道は繰り返し悪夢を見て、苦しみもがいている。

その姿を見ているだけで、里穂はやるせない思いに駆られるのだった。

(どうやったら、朱道様の悪夢は終わるのかしら……)

三足鶏の朝鳴きが始まり、里穂は顔を上げた。

どうやら、朝になったようだ。

音を立てないように気をつけつつ立ち上がると、朱道の部屋を出る。

すると、早朝だというのに相変わらず陽気な雪成に出くわした。

「里穂さ～ん、おはようございます！　今日も朝帰りですか？　く～、うらやましいな」

「違います、そんなんじゃありません……！」

里穂は顔を真っ赤にし、雪成に抗議の目を向ける。

「そんなに怒らないでくださいよ、ちょっとからかっただけじゃないですか。怒った顔も悪くないですけど、全部分かってますから！」

それから雪成はおちゃらけた雰囲気を消し、切なげな微笑を浮かべた。

「朱道様の悪夢に、寄り添ってくださっていたんですよね。感謝してるんです。僕ではどうにもならなかったので」

「雪成さん……」

朱道と雪成の付き合いは子供の頃からで、かなり長いと聞いている。雪成なら、朱道を苦しめている悪夢の原因を知っているのではないだろうか？

「朱道様は、どうして悪夢を見るようになったのですか？」

雪成は押し黙ると、里穂の背後にある朱道の部屋にちらりと視線を向ける。

「場所を変えましょう」

にっこりと微笑むと、雪成は先に立って歩き始めた。

辿り着いたのは、いつも里穂が子守りをしている、縁側に面した畳の間だった。

早朝のこの時間、辺りは静まり返っていて、遠くの台所から御膳番が朝餉の支度をする物音だけが響いていた。

里穂は雪成に促されるまま、縁側に腰掛ける。

すると、雪成が懐から懐紙を取り出した。

中には、色とりどりの金平糖がこんもりと入っている。

「まあ、菓子でも食べながら気楽に聞いてくださいよ。女の子は甘いものが好きですからね、何かのときのためにいつも持ち歩いているんです」

「え、いいんですか?」

「どーぞ、どーぞ」

ためらいがちに、檸檬色の金平糖をひとつ口に入れた。カリッとした歯ごたえとともに、甘みが口の中いっぱいに広がり、溶かされたように心が和む。

「美味しい……」

「でしょ、でしょ？」

金平糖を美味しそうに噛み砕く里穂を眺めながら、「朱道様の夢のことですがね」と雪成が切り出した。

「朱道様が帝になる前に、先代の帝との間に大きな戦いがあったのはご存知ですか？」

「はい。詳しくは知らないのですが、本などで読みました」

「そのときに、朱道様にとって衝撃的な出来事があったのですよ。つらい話になりますが、本当に聞きますか？」

慮るような視線を向けられる。

里穂は迷わず「教えてください」と答えた。

朱道を悪夢から救いたい。そのためには、彼のすべてを知りたい。

心を決めた里穂の顔を見て、雪成が大きく頷く。

「分かりました」

庭に視線を向けながら、雪成が話し始める。

それは、里穂の想像を超えた凄惨な内容だった。

先代の帝、酒呑童子は残酷なあやかしだった。自分に従わない者には残虐な仕打ちを与え、命を奪うことも躊躇わなかった。

朱道の両親は、些細なことで酒呑童子に目の敵にされ、朱道が幼い頃に連れ去られた。

そのため朱道は、貧民窟で、孤独な少年時代を過ごしたらしい。

酒呑童子の残虐な行為に対する反発は年々募り、大人になった朱道は、反逆軍の頭として酒呑童子に戦いを挑んだ。

そして監獄で、何十年にもわたる残虐な拷問の末に亡くなった両親の亡骸を見つけたのである。

「そのとき朱道様は、怒りのあまり我を忘れてしまわれたのです」

酒呑童子を退治し、朱道が正気を取り戻したとき、辺りは一面血の海になっていた。

その場にいた敵はほぼ全滅。敵兵の中には、子供がいる者も大勢いたらしい。

心優しい朱道は、自分のせいで、大勢の孤児を生んだことを激しく悔いる。

そして以後は一切の殺生をしないと誓い、まるで自らを戒めるように悪夢を見るようになったそうだ。

「そうだったのですね……」

朱道の苦しみを考えただけで、里穂はいたたまれなくなった。

『すまない……、許せ……』

悪夢を見ているとき、朱道は何かに追い縋るようにその言葉を繰り返す。

命を奪った大勢のあやかしに、許しを乞うているのだろう。

「朱道様の御代になってから、この世界には平穏が訪れました。そのための犠牲は、僕個人としては仕方ないことだと思っています。だけど、朱道様は許せないんでしょうね」

いつになくシュンとした声で、雪成が言った。

朱道の優しさをより深く知って、里穂の胸がぎゅっと締めつけられる。

見た目は威圧感があって不愛想だけど、本当の彼は誰よりも優しくて繊細なのだ。

そのせいで、自分自身を苦しめるほどに。

朱道への愛しさが、里穂の中で、はち切れんばかりに膨らんでいった。

朱道の抱える心の重荷を考えると胸が痛くて、その日、里穂は授業に集中できなかった。

ぼんやりとしたまま午前中を過ごし、亜香里の声にもうわの空で答える。

だから、昼休憩に入ってすぐ、教室内がざわついたのに気づかなかった。

「あの……」

聞いたことがある声がして、机の上に頬杖をついて考え込んでいた里穂は我に返る。

顔を上げた先には、数日ぶりに見る麗奈がいた。

思わず息を呑んだのは、麗奈の雰囲気が、今までと大分変わっていたからだ。

愛らしい笑みを浮かべていた唇は小刻みに震え、輝いていた瞳は涙で潤んでいる。

いつだって自信に満ち溢れていたのが嘘のように、おろおろと狼狽えながら里穂の前に立っていた。

「里穂……」

今にも泣きそうな声で、麗奈が里穂を呼んだ。

「よく学校に来られたわね」「見てるだけで虫唾が走るんだけど」など、そうしている間も心ない声が辺りから聞こえてくる。

「あの、今までのことを、謝りたくて……」

里穂は、驚愕（きょうがく）に目を見開いた。

今までの彼女からは、考えられない台詞（せりふ）だったからだ。

同時に、冷たい視線の中で怯えている麗奈が、狼の群れに放り出された山羊（やぎ）のように見えて、なんとも哀れになってくる。

麗奈には、ひどいことをたくさんされた。

だからどんなに反省の姿勢を見せられても、心など動かないはずだった。

だけど今の里穂は、目の前にいる麗奈を少なからず気の毒に思っている。

――コンッ！

誰かが投げたペットボトルが、麗奈の頭に当たった。

「いた……っ！」

「大丈夫……？」

頭を押さえて涙をこぼす麗奈。辺りから、クスクスという嘲笑（ちょうしょう）が響く。

まるでかつての自分を見ているようで、里穂は耐えられなくなる。

「その、ここじゃ話しにくいから……。ちょっとだけ外に出ない？」

泣きながらそう提案され、里穂は思わず頷いた。

そして、ふたり連れだって教室をあとにする。

だが、休憩時間のため廊下にもそれなりに人がいて、落ち着いて話せるような環境ではなかった。

校舎内をさまよった挙句、辿り着いたのは、体育倉庫の裏である。

「ついてきてくれて、ありがとう」

ふたりきりになるなり、麗奈はさも申し訳なさそうに眉を下げた。

その儚(はかな)げな雰囲気から、里穂は彼女に敵意がないと感じ取る。

かといって、今までのことがある限り、いきなり仲良くするのも難しい。

「うん。その……」

どう切り出したらいいのか分からず困惑していると、麗奈のか細い声が耳に届いた。

「本当に、ごめんなさい」

（麗奈が、謝った……）

長年関わってきたが、今まで一度も彼女が謝るところを見たことがなかった。

驚きの方が勝っているものの、麗奈が改心してくれたのだという喜びが、胸にせり上がってくる。

もしかしたら、今度こそ姉妹らしくなれるかもしれない。

初めて花菱家に来たとき、そう望んだように。

そんな淡い期待が、里穂の心の中にもたげた。

だがそのとき、麗奈が突然クスクスと低い笑いを響かせる。

「あなたには、今度こそ消えてもらうわ。ごめんなさいね」

放たれた声は、里穂のよく知っている麗奈の声だった。

里穂を心の底から見下（みくだ）していて、嫌味で、高慢で、意地悪。

麗奈の変化に動揺しているうちに、里穂は背後から何者かに口を塞（ふさ）がれる。

「……っ！」

口にあてがわれた布から香る刺激臭に、頭が朦朧（もうろう）としていく。

手足に力が入らなくなり、視界が狭まっていった。

傾いたはずみで胸ポケットからモジャが滑（すべ）り落ちたが、里穂にはもはや、気づく余力は残っていない。

意識が途切れる直前、一瞬だけ見えた麗奈は、今まで見たことがないほど憎悪にたぎった目で里穂を睨（にら）んでいた。

「いい加減起きなさいよ！」

――バシッ！

頬に痛みを感じて目を覚ます。

身動きが取れない。両手足を縄できつく縛られているらしい。

周囲に靄がかかっているかのように視界が定まらなかったが、再び頬に飛んできた激痛に今度こそ意識がはっきりする。

目の前に、般若のような形相をした蝶子がいた。

さらに張り手が頬に飛んできて、口の中に血の味が広がる。

「お母様……」

今いる二間続きの和室には、見覚えがあった。花菱家の稔の部屋だ。

よく見ると、蝶子の背後には稔と麗奈もいた。

ふたりとも、憎しみのこもった目で里穂を睨んでいる。

「お母様だなんて、しらじらしい！　よくもうちの麗奈を苦しめてくれたわね」

蝶子が吐き捨てるように言った。

その言葉の意味を瞬時に理解して、体から力が抜けていく。

どうやら、麗奈は学校で里穂にいびられていると嘘を吐いたようだ。

そして里穂を追い込むために、家族ぐるみで計画を立て、ここまで連れてきた。

いつだってそうだった。

麗奈は自己中心的で、嘘つきで、自分に都合がいいように周囲を振り回す。

（ああ、私はなんてバカなのかしら。麗奈はそういう子だって、嫌というほど分かっていたのに。まんまと騙されるなんて……）

「あなたのせいで、この子は学校に行けなくなったのよ！　百々塚家の後ろ盾ができたからっていい気になってるようだけど、本来その立場にいるべきなのは麗奈なの！　本当に図々しい！　今すぐ麗奈と代わりなさい！」

――バシッ！

今度は棒のようなもので肩を思いきり叩かれる。痛みで視界が歪んだ。

三百年に一度の生贄が、本来は帝の嫁だということは、もう知られているようだ。

それから、百々塚家とあやかしに繋がりがあることも。

それにしても百々塚家の後ろ盾があると分かったとたん、掌を返したように里穂の立場をほしがるなんて。その浅ましさにぞっとする。

「代わりなさいって言ってるの！　何か答えなさいよ！」

「――代わりません」

痛みに耐えながら、里穂ははっきりと言葉を返した。

身動きが取れない状態で、ひたすら暴力を振るわれる――そんな状況なのに、気持ちは不思議と落ち着いていた。

今の里穂は、以前とは違う。蝶子も麗奈も怖くない。

今となっては朱道を失う方が、彼に寄り添えなくなる方がよほど恐ろしい。

凛とした眼差しを向ける里穂を、蝶子はぷるぷると戦慄きながら見下ろしていた。

「ふざけるな！」

今度は、稔の怒号が飛んでくる。

その目は怒りで血走っていた。

稔にこんな風に怒鳴られた経験は今まで一度もなく、里穂は思わず怯む。

「生贄というのは間違いで、正しくはあやかしの帝の嫁だったということを、どうして伝えに戻らなかった？　生贄ならお前だが、権力ある者の嫁なら麗奈に決まっているだろう？　そんなことも分からないのか？」

見下げたように、稔が言う。

あまりの理不尽さに、里穂は身震いした。

（長い間、こんな人を慕っていたなんて……）

唇をぎゅっと引き結び、屈辱に耐えた。

だがそんな里穂を、反抗的と捉えたらしい。

「生意気な娘だ。身寄りのないお前を引き取り、これまで育ててやったというのに」

苦々しく言葉を放つと、稔は自らの懐に手を入れる。

ほどなくして取り出されたのは、刃渡り二十センチほどの鋭利な剃刀だった。

里穂はいよいよ恐怖に震える。

「身の程を思い知らせてやろう」

剃刀を持った稔の手が、こちらへと伸びてくる。

里穂は、反射的にぎゅっと目を閉じた。

真っ先に心の中に浮かんだのは、朱道の顔だった。

彼のことをもっと知りたい。死にたくないと今は強く思う。

だが逃げたくとも、手足を縛られた状態ではどうにもならない。

頭皮が悲鳴を上げそうなほど、右半分の髪を強く引っ張られる。

「いや……っ！」

次の瞬間、顎のあたりで髪をざっくり切られた。

支えを失った黒髪が、パラパラと床に落ちる。

「ふふっ。なんてみじめな姿なの」

稔の背後で、麗奈が嫌な笑い方をした。

「ホホホッ、お似合いよ！」

蝶子も、着物の袖を口に当てて高らかに笑っている。

里穂は呆然としたまま、畳の上に散らばった自分の髪を見つめた。

一瞬、殺されるのかと思った。だから命があるだけマシだ。

だけど……

――『特に気に入っているのは、この艶やかな髪だ』

いつかの朱道の声が耳に蘇り、里穂は口元を震わせる。

彼の優しい声や、髪に唇を寄せられたときの胸の高鳴りを思い出し、たまらなく泣きたくなった。

「いいこと？　麗奈があなたから受けた仕打ちはこんなものじゃないのよ！」

目を潤ませる里穂に、今度は蝶子が怒鳴りつける。

それから棒を再び振り上げると、里穂の首の辺りに振り下ろした。

あまりの痛みに、思考が飛びそうになる。

「朱道様……！」

かすれ声でその名前を呼んだのは、無意識だった。

理性も建前もすべてが吹き飛び、心が無我夢中で彼を求めていた。

――その直後、ものすごい爆音がして、蝶子がピタリと動きを止める。

「な、なに？」

続いて、瓦礫（がれき）が崩れ落ちるような音がした。

見ると、襖（ふすま）があったはずのところに、木っ端みじんの襖（ふすま）の残骸が散らばっている。

丸見えになった廊下の真ん中に、背の高い男が立っていた。

猛々（たけだけ）しい赤い髪に、藍染（あいぞ）めの着物を纏（まと）った見上げるほどの背丈。

彼は、紛れもなく朱道だった。

だが、いつもと様子が違う。

人間界に来る際には隠しているはずの角がにょっきりと出たままで、毒々しい光沢を放っている。

瞳は煮えたぎるような朱色に染まり、怒りを抑えようとしているのか、肩で荒く呼吸をしていた。

一番会いたかった人に会えた安堵から、里穂の胸が大きく震える。

（本当に、来てくださった……。それに、モジャまで）

先ほどからずっと、胸ポケットからモジャの温もりが消えているのが気になっていた。捕らえられてひどい目に遭っているのではないかと心配だったが、朱道の肩にちょこんと乗っている。

里穂がさらわれたとき、うまく胸ポケットから抜け出して逃げたようだ。

「あわわわ……お、おに、鬼だ……！」

先ほどの威勢が嘘のように、稔がガクガクと震えだした。

蝶子も驚き固まっている。

落ち着いているのは、朱道を知っている麗奈だけである。

「パパしっかりして！　あの方が、あやかしの帝よ！　私をちゃんと売り込んでよ！」

「あ、ああ……」

娘に活を入れられ、稔は気持ちを立て直したようだ。

「……はじめまして。私は花菱家の現当主、花菱稔でございます。花菱の血が流れていないにもかかわらずあなたの妻の座に居座ろうとしたこの娘を、ちょうど罰してい――」

「里穂」

だが、こびへつらう稔の声は、地を這うように低い朱道の呼び声に掻き消された。

「その髪は、どうした？」

急に尋ねられたそれに、里穂はうまく答えられない。

ただ心情を物語るように、涙が溢れて止まらなかった。

そんな里穂を見て、朱道がぎりっと歯を食いしばる。

「――お前達、俺の嫁に何をした？」

揺らめく炎のごとく赤い毛が逆立ち、口から牙がにょっきりと顔を出す。鋭く尖った朱色の瞳は煮えたぎり、彼の怒りが極限に達したのが見て取れた。

「ですから、図々しくもあなた様の嫁におさまろうとしたこの娘に懲罰を――」

作り物めいた微笑を浮かべながら、朱道の方に歩み寄ろうとする蝶子。

だが、その声は突然途切れた。

「――――っ！」

蝶子が喉を押さえて、目を見開く。喋りたくとも、縫われたかのように唇が開かないようだ。

どうやら、朱道によって何らかの術をかけられたらしい。

「ママっ？　なんで急に黙――」

蝶子に胡乱な目を向けた麗奈も、ひゅっと息を吐きだしたかと思うと、口を閉ざす。

それから、ふごふごと声にならない声をしきりに上げた。

彼女もまた、朱道の術にかかったようだ。

「お前達、急にどうしたんだ⁉」

首を押さえながらフンフンとしか言えないでいる妻と娘の様子に、稔が焦りだす。

そんな稔の前に、朱道がゆっくりと立ちふさがった。

「ひっ、ひぃ……！」

恐ろしい形相をした鬼に迫られ、稔は腰を抜かしてしまったらしい。

その場にへたり込み、手だけで体をズリズリ動かして、朱道から逃れようとしている。

「俺の嫁にこれほどの危害を加えた罪は重いぞ」

「ですが、そもそもその娘はあなた様の正式な嫁では……」

「黙れ」

言い逃れをしようとする稔を無慈悲な言葉で切り捨てると、朱道は宙に掌を掲げた。

とたんに四方から掌に光が集い、炎となって燃え上がる。

「ひ、ひいい……！　どうか命だけはご勘弁を……！」

稔が、土下座して命を乞うた。

だが、朱道は手の中の炎を鎮めるどころか、いっそう大きくする。

ゴウッという炎の音とともに、辺りが焼けつくような熱気に満ちていった。

蝶子と麗奈は、抱き合って震えながら、燃え盛る火柱を見つめている。

（朱道様、まさか攻撃するつもりじゃ……）

明らかにいつもとは違う彼の顔つきに、里穂は危機感を覚えた。

雪成から聞いた話が思い出される。

両親の残酷な死を目の当たりにして、朱道は我を忘れ、敵をほぼ殲滅した。

そのときのことを朱道は悔いていて、今でも悪夢に苦しんでいる。

そしてそれ以降、一切の殺生をしないと自らに誓ったという。

そのうえ、あやかしが人間に危害を加えるのはご法度。あやかし達は、この三百年、その約束を忠実に守ってきた。それを帝の朱道が破るとなると大問題だ。帝の地位を追われるくらいでは済まされないだろう。

炎の上がる掌を、朱道が高く掲げた。

里穂は青ざめ、力の限り声を張り上げる。

「お願い、やめてください……！」

その声に、朱道はハッとしたように動きを止めた。

「人間を攻撃してはなりません……！」

悪夢を見ているときの彼の苦悶の顔を思い出し、里穂は心の底から懇願した。

里穂は、花菱家の人達を救いたいわけではない。

救いたいのは、朱道ただひとり。

ここで自らの誓いに反し、他者を葬ったなら、必ずや後悔に苛まれる。

「どうかご自分を大事にしてください……！」

涙ながらに叫ぶ里穂を、朱道は見つめる。

そのうち、赤くたぎった目が勢いを失い、怒りに満ちた表情も和らいでいった。

熱風とともに燃え盛っていた火柱も、彼の掌に吸い込まれるように消えていく。

里穂を見つめる朱道の瞳に、いつもの穏やかな気配を感じて、里穂はホッと胸を撫で下ろした。

同時に、怯え切っていた稔も安堵の表情を浮かべる。

「ハハ、ハハハ……！　火事になるかと思いましたよ……！」

下劣な笑いが辺りに響く。

「やめられたのは、賢明な判断ですよ！　あやかしは人間に攻撃してはいけないと、三百年前の掟で決まっているのですから！　この屋敷を燃やし、私や家族に危害を加えていたら、あなたは恐ろしい懲罰を受けていたでしょう！　命拾いしましたね！」

恐怖体験のあとだからか、稔は見たこともないほど興奮していた。

ペラペラと捲し立てる姿には、狂気じみたものすら感じる。

形勢が逆転したかのように態度の大きくなった稔を、朱道は冷たく見下ろしていた。

「悠長に構えている場合じゃないぞ。まさか知らないのか？」

「はて、何をおっしゃっているのでしょう？」

「三百年前の掟は、あやかし側だけ一方的に取り付けられたわけではない。人間も同様に、あやかし界の住人に危害を加えないと誓ったのだ」

稔が、スッと真顔になる。どうやら知らなかったようだ。

だが稔は、またすぐにヘラヘラと笑いだした。

「そうだったのですね。ですが、だから何だと言うのです？　私達はあなた様には危害を加えていませんし」

「俺のことを言っているのではない。里穂だ」

朱道は冷たく吐き捨てると、足を前に進める。花菱家の者達は怯えたように体を縮めるが、朱道は彼らには見向きもせず、真っすぐ里穂のもとに歩み寄った。

彼が里穂の縛られた手足に手をかざすと、まるで手品のように縄がはらりとほどける。

朱道は悲しげに、里穂の腫れた頬、棒で叩かれ真っ赤になった首筋へと、順に視線を落とす。それから無惨に断ち切られた片側の髪に触れると、彼女を優しく抱き締めた。

「辛かったな。もう大丈夫だ」

穏やかな声とともに大きな温もりに包まれて、安堵(あんど)のあまり、里穂の目から涙がポロポロとこぼれ落ちていく。

呆然とその様子を眺めていた稔が、我に返ったように口を開いた。

「ですが、里穂は人間です。人間が人間に危害を加えたところで、私達の間に交わされた約束事に支障はないでしょう？」

勝ち誇ったように言う稔に、朱道は里穂を強く胸に抱き込んだまま、刃のように鋭い視線を向けた。

「俺の嫁となる里穂は、もうすでにあやかし界の住人だ。だからお前は規律を破ったことになる」

「……は？　何を言っているのです？　そんな虫のいい話が――」

場の温度が一気に下がるような、冷たい声だった。

「無抵抗の彼女に、これだけの危害を加えたんだ。人間界でも裁かれて当然なのに、よくもいけしゃあしゃあと抗えるな」

稔ははたと口をつぐみ、小刻みに肩を震わせる。顔中から、滝のように汗が噴き出していた。

「花菱稔。あやかし界の住人に危害を加えた罰として、三百年前の規律に従い刑に処す。——牛鬼、出でよ」

朱道が呼びかけると、どこからともなく低い獣の咆哮がした。

数多の肉食獣の唸りが幾重も重なったようなまがまがしい咆哮は、あらゆる音を呑み込む大音量となり、部屋全体をガタガタと揺らす。

やがて稔の目前にぐるりと黒煙が渦巻いた。

「な、なんだ……っ！」

膨れ上がった黒煙は、巨大な何かへと変貌を遂げていく。

二十畳はあるこの部屋の半分以上の大きさに膨らんだそれは、六本の足を持つ蜘蛛のような体をしていた。ねじ曲がった二本の角に、ぎょろぎょろ目玉の牛に似た顔面。不揃いな牙がみっしりと生えた口元からは、おびただしい量の涎が滴り落ちている。

「ひ、ひぃぃぃぃ……っ！」

異形の怪物を前に、稔はすっかり怯え切っていた。

蝶子と麗奈も顔面蒼白になり、震え死ぬのではないかと心配になるほど、小刻みに体を揺らしている。

牛鬼が低く吠えた。

その直後、稔の体は、怪物の足のひとつにがっちりと捕らえられていた。

「ひぃ、ひぃ、ひぃっ！！　助け、助けて～！」

名だたる家の主とは思えない、みじめな泣き声を上げる稔。

牛鬼の体がズブズブと畳に沈んでいく。それに伴い、ひっきりなしに響いていた稔の悲鳴も、次第に聞こえなくなっていった。

稔もろとも牛鬼が消えると、まるで何事もなかったかのように、部屋全体がしんと静まり返る。

真っ白な顔でいまだ震えている蝶子と麗奈に、朱道が向き直った。

「刑に服し更生させるために、あやかし界の監獄に連れていっただけだ。囚人に懲罰を与える獄卒どもは少々手荒だが、殺しはしない」

残酷なのか、慈悲深いのか分からない言葉だ。

「今回の刑は、主のあの男だけに留めておいたが、この先はそうもいかない。また里穂に危害を加えたら、次はお前達も刑に服してもらう。光の届かない監獄で、獄卒どもに鞭打たれ、延々と石運びでもするがいい」

それからのことは、意識が朦朧（もうろう）としていて、里穂はあまり覚えていない。すべてが終わった安堵（あんど）感から、急に眠気が襲ってきたらしい。夢うつつのまま、朱道に横抱きにされ、花菱家の裏手にある山を進んだようだ。

どんな声をかけられたのかは判然としないが、彼の腕の中が、たまらなく温かかったことだけは覚えている。

目が覚めると、里穂は御殿の自室にいた。

体が、ひどく重い。

棒で強く叩かれた首筋や肩には、包帯が巻かれていた。誰かが治療してくれたのだろう。

ふと横を見ると、朱道の整った顔がすぐそこにあった。

微かな寝息をたてて、安心しきったように眠っている。

里穂に付き添っているうちに、寝入ってしまったようだ。

普段とは違うあどけない寝姿が、たまらなく愛しい。

里穂は上体を起こすと、その燃えるように赤い髪にそっと触れてみた。

硬そうに見えて、案外柔らかい。

指先ですくように撫でれば、くすぐったかったのか、彼がゆっくり瞼を開いた。

「わ、ごめんなさい。勝手に触ってしまって……」

慌てて手を遠ざけようとしたが、途中でガシッと手首を捕らえられる。

朱道が、口元に悪戯っ子のような笑みを浮かべた。

「誰がやめろと言った？」

手を、もとの位置に誘導される。

「お前に触れられるのは嬉しい」

恥ずかしいことを照れもなく言われ、里穂はカアッと赤くなった。

促されるまま髪を撫で続けると、朱道が気持ちよさげに再び目を閉じる。

まるで、赤毛の虎を飼い馴らしている気分だ。ゴロゴロと喉を鳴らす音が聞こえてくる気さえしてくる。

「……朱道様。助けてくださり、ありがとうございました」

「ああ。嫁を救うのは当然だ」

「でも、どうして私が花菱家にいると分かったのですか？」

「毛羽毛現の子供が、お前が危険だと俺に知らせてくれたんだ。あいつがお前にかわいがられている姿を見ると虫唾が走ったが、役に立つこともあるのだな」

なるほど、そういうことだったらしい。大活躍のモジャは今、枕元に置いた竹編みの籠の中で、モキュモキュとかわいらしく眠っている。大役を果たし、疲れ切ったのだろう。

「ありがとう、モジャ」

里穂は、指先でモフモフの体を優しく撫でてやった。

そのあとで、今更のように、朱道にもモジャにも迷惑をかけてしまったという申し訳なさが胸に押し寄せる。

「ごめんなさい……。私が麗奈に騙されなかったら、こんなことにはならなかったのに」

「たしかにお前は、お人よし過ぎる。だが、そういう人を思いやれるところを、俺は好んでいる」

体を起こした朱道が、里穂の頭をクシャッと撫でた。

「花菱家に乗り込んだ時、怒りで我を忘れそうになった俺の目を覚ましてくれただろう？　あのとき人間を殺していたら、俺はさらなる悪夢に苦しめられていた。そのうえ監獄に入れられ、二度とお前には会えなかったかもしれない。だからお前には感謝しているんだ」

――感謝しているんだ。

朱道の言葉に、里穂は息を呑んだ。

（こんな私でも、朱道様の役に立ったというの……？）

里穂の心の声を肯定するように、朱道は穏やかに微笑む。

それから彼女の髪を優しく撫で下ろし、短く断ち切られた毛先に触れた。

「そういえば、髪が短くなってしまいました……」

稔にされたことを思い出し、里穂は弱々しい声を出す。

朱道が特に気に入っていると言ってくれた黒髪は、あのときから里穂の誇りだったのに。

「気にするな。すぐに伸びる」

朱道が、短くなった側の毛先に口づけた。

ちょうど顎の長さなので、自然と顔が近くなる。心臓があり得ない速さで鼓動を刻んだ。

「お前ならきっと、ハゲていてもかわいい」

朱道は恍惚と呟くと、指を滑らせ、里穂の顎先を捕らえた。

深紅の瞳が、真っ向からひたむきに里穂を見つめる。

「――どうだ？　そろそろ俺に惚れたか？」

「そんなの……」

今更な、質問だ。

「とっくに惚れてます……」

小声で答えると、朱道がみるみる目を見開く。

面と向かって愛を告白している状況に、里穂は今になって慌てた。

恥ずかしくて逃れようとしたが、朱道がそれを許してくれない。

引き寄せられ、そっと唇を重ねられる。

柔らかさを確かめるような、短くも深いキスだった。

触れられたのは唇のはずなのに、なぜか胸の奥がじんと熱くなる。

「朱道様……」

よく見ると、彼の顔も今までで一番赤くなっていた。

赤面するのをどうにかこらえつつ、キスをしたのかもしれない。

彼のことが愛しくて、どうにかなりそうだ。初めての感情を持て余した里穂は、逞しい胸にそっと頭を預ける。

朱道はそんな彼女の肩を大事そうに抱き、短くなった黒髪に甘えるように頬ずりし続けるのだった。


その後、麗奈は学校を辞めた。

教師の話によると、急な転校が決まったらしい。朱道の脅しが効いたようだ。

煌はまだ在籍しているらしいが、里穂が花菱家に連れ去られたあの日以来、姿をまったく見ていない。

右半分だけ短くなった髪は、雪成が、人間界のファッション雑誌を手本にボブヘアに整えてくれた。

どうやら彼はかなり手先が器用らしい。

こうして、里穂の毎日に平穏が訪れた。


「りほさま〜！　早く隠れて！」

学校が休みの日、里穂は久々に、いつもの畳の間で子供達の子守りをしていた。

今は、かくれんぼの真っただ中である。

「よっつ、いつつ、むっつ――」

柱に顔を伏せ、探し役の豚吉がたどたどしく数を数えている。

楽しそうにキャーキャーと声を上げながら、あちらこちらに身を隠す子供達。

戸棚の中、大座布団の下、座卓の下……

小さな子供なら隠れるところがたくさんあるが、里穂はなかなか見つからない。

さんざん迷ったあげく、縁側から庭に駆け込み、植え込みの中に身を隠した。

ちくちくとした針葉樹の葉が、頬を刺す。

「ブヒー！　探すぞー！」

数え終えた豚吉が、張り切って声を上げた。

だが威勢のいい声のわりには、もたもたしていて、なかなか見つけられないようだ。

「あれ、誰もいないブー」

目の前の戸棚にひとり隠れているのに、まったく気づいていない豚吉。

丸いお尻を見せながら、長机の下ばかり探している姿が微笑ましくて、里穂はつい頬を緩める。

（かわいい。抱き締めたいけど、見つかるまでがまんがまん）

再び呼吸を潜め、茂みの中に隠れることに徹したそのとき。

「……！」

目の前に突然男がいて、里穂は驚きのあまり倒れそうになる。

長い黒髪に、彼岸花（ひがんばな）の模様があしらわれた黒と紫の高級そうな着物。

藤色の神秘的な眼差（まなざ）し。

これまで何度か目にしたことのある、あの男だった。

だが彼は、いつも霧のようにすぐに消えてしまう。

いつしか里穂は、彼は自分だけに見える幻覚なのだろうと考えるようになっていた。

陽炎のようなもので、動揺する必要はないと、自身に言い聞かせる。

ところが目の前の男は、いつになく存在感があった。

耳を澄ませば、息遣いすら聞こえそうだ。

すると――

男が柳眉を寄せ、まるで里穂を咎めるような目つきになった。

彼の表情が変わるところをこれまで見たことがない里穂は、現実味のあるその動きにぞっとする。

《いつまでこんなところにいるつもりだ?》

胸をざわつかせるような、低めの声がした。

(え? 喋った……?)

幻覚なのに。

喋るわけがないのに。

男はたしかに喉を震わせ、声を発している。

恐怖で全身から汗が噴き出し、体から力が抜けていく。

藤色の瞳に吸い取られるように、意識が遠のいていった。

《私は、ずっとお前を待っていたのに――》

その声は、今度こそ幻なのか、それとも現実なのか……。

真相を確かめることができないまま、里穂はあっという間に意識を手放す。

そして、茂みの狭間にドサッと倒れた。

第四章　運命の花嫁

熱風の吹き荒れる真っ暗な空間に、里穂は浮かんでいた。
体中が、燃えるように熱い。
四方は見渡す限り闇である。
《早く会いたい、私の花嫁》
遠くから、そんな声がする。
とてつもなくまがまがしい気配を感じた。
行ってはいけないと本能が言っている。
里穂は声から逃れようと、懸命に宙を掻き続けた——
「暑い……」
自身の呟きに呼び起こされ、目を覚ます。

「――気がついたか？」

間近で声がして、重い首をそちらに捻ると、ひどく心配そうな顔をした朱道がいた。彼の隣にはガマガエルに似たあやかしがいて、食い入るように里穂を見ている。どうやら、御殿にある自室の布団に横たわっているらしい。

「あれ？　私、どうして……」

ここに至るまでの記憶がない。長い夢を見ていたような気もするが、内容はまったく思い出せなかった。

「子供達と遊んでいたときに、突然倒れたらしい。ひどい熱があって、三日三晩寝込んでいた」

「そんなことが……」

言われてみれば、たしかに子供達とかくれんぼをした。だがそのときの記憶は曖昧で、途中でプツンと途切れている。

どうしてだか、悪寒が止まらない。

不安に怯える里穂をいたわるように、布団の上に投げ出された白い手を、朱道がぎゅっと握り締めた。大きな温もりに包まれ、里穂は我に返る。

朱道は、見たことがないほど憔悴していた。

彼にどれほど心配をかけたかが分かって、罪悪感に苛まれる。

「心配かけてごめんなさい。もう、大丈夫ですから」

起き上がろうとした里穂を、朱道が手で制した。

「まだ熱は下がっていない。無理をするな、医者もそう言ってる」

「あい。まだまだ安静が大事です。なにとぞご無理なさらぬよう」

ガマガエル顔のあやかしが、ガラガラ声で言った。でっぷりとした体に、金色の袈裟を身に付け、首には巨大な数珠の首飾りを提げている。どうやら彼は、この世界の医者らしい。

「すみません……」

少し起き上がっただけでくらくらしたので、里穂は素直に言葉に従うことにした。

「……でも、どうして急に熱なんて出たのでしょう？」

これまでの里穂は、比較的健康体だった。花菱家では風邪を引いても休む間もなく働かされていたのもあるが、このように寝込んだ経験がない。

「――今は何も気にするな。とにかく、体を休めて治すことが先だ」

「はい……」

なんとなく朱道の言い方に引っかかりを覚えながらも、里穂は重だるい体を布団に沈め、再び眠りについたのだった。

翌日、熱は下がった。

だが引き続き安静にした方がいいと朱道に強く言われたため、それからさらに三日を自室で過ごす。

自由に動き回っていいという許しが出たのは、倒れてから八日後のことだった。

「里穂さ～ん、元気になられたようでよかったです！　寂しかったんですから～！」

久しぶりに廊下に出るなり、雪成が駆けつけてきた。

「本当は今すぐ抱き締めたいくらい感激してるんですがね！　朱道様に怒られるんで我慢します！　本当は抱き締めたいんですよ！　朱道様の許嫁でなければ！」

「あ、ありがとうございます。おかげさまで、すっかりよくなりました」

雪成と立ち話をしていると、パタパタと無数の足音が近づいてくる。

「あ、りほさまだ！　ご病気なおったの？」

「よかったブヒ〜！　よかったブヒ〜！」

子供達に満面の笑みで歓迎され、里穂はすっかり頬が緩んだ。

「みんな、心配かけてごめんね。元気になったから、もう大丈夫よ」

小さな体を順番にぎゅっと抱き締める里穂を、「いいな〜、うらやましいな〜」と雪成が指を咥えて見ている。

「何がうらやましい？」

いきなり低い声が聞こえ、気を抜いていた雪成は「ひゃっ」と飛び上がった。

いつの間にか背後にいた朱道が、殺意に満ちた目で雪成を見ている。

愛想笑いで誤魔化そうとしている雪成を無視し、朱道はいまだ子供達に囲まれている里穂に優しく声をかけた。

「里穂、少し話がある。俺の部屋に来てくれないか？」

「はい、分かりました」

その様子を眺めていた子供達が、ぽかんとした顔をした。

「なんか朱道さま、りほさまには優しいにゃ」

「オイラたちには怖いのにな！」

「ほら、お嫁さんになる人だから。ラブラブなのよ、きっと」

「そっか、らぶらぶか！　らぶらぶブ～！」

子供達の無邪気なからかいに、顔を真っ赤にする朱道。

「うるさい、黙れ餓鬼ども」

「ひゃ……っ！」

リアルな鬼の形相を向けられ、芯から身震いした子供達は、一目散にどこかに散っていった。

朱道は里穂の手を取り、己（おのれ）の部屋に向かう。

中では、この間から里穂を診てくれているあやかしの医者が、座って待ち構えていた。

朱道は最奥に進むと、一段高い上座に腰をおろす。里穂は下がって医者の隣に座ろうとしたが、「ここにいろ」と促（うなが）され、おずおず彼の隣に座った。

朱道が、早速本題に入る。

「ここに呼んだのは、お前が熱を出した理由を伝えるためだ。知らせる必要はないかとも考えたが、今後も繰り返しこういうことがあるかもしれない。不安を防ぐためにも、知っておいてほしい」

「……分かりました」

先日の発熱には何か特別な理由があるのではと、朱道の言葉の端々や医者の様子から、里穂は予想していた。

「この先はわしからお話しいたそう」

医者がガラガラ声で言い、半身を乗り出す。

「この度、里穂殿が発熱されたのは、ご病気のせいではございません。診察させていただいたところ、里穂殿にはある特異な才があることが判明しました」

「特異な才……？」

思いがけない話の流れに、里穂は目を瞬（またた）かせた。

厚い瞼（まぶた）を閉じて、医者が「あい、いかにも」と頷く。

「妖力に差があれど、あやかしは皆何らかの異能を持っております。ですが、人間が異能を持つことはございませぬ。ところが、ごくごくまれに、人間にも特異能力を持つ者が生まれる事例があるのです。それは、無意識に周囲に影響を与える力でして、本人の意志で制御はできませせぬ」

そんなことを言われても、まるで実感が湧かない。

医者の言葉を、里穂はどこか人ごとのように思いながら聞いていた。

「里穂殿の能力は、〝惚気の才〟と呼ばれる非常に珍しいものです」

「……その能力は、どういったものなのですか？」

「あい。簡単に言いますと、あやかしの異性を惹きつけてしまう才能でございます。ですが、この惚気の才にはひとつ欠点ございまして。異性に想われれば想われるほど、体が想いを受け止められなくなり、体調を崩してしまうことがあるのでございます」

（そういえば……）

里穂には思い当たる節があった。

雪成をはじめ、御殿で働く者、通りすがりの者。あやかし界に来てから、里穂はやたらと異性のあやかしにもてはやされている。

たいした見てくれでもないのに、男達は皆そろって里穂の容姿を誉めそやし、関わりを持とうとした。

当の里穂はまったく自分に自信がないので、冗談を言われているのだろう程度に思っていたのだが、惚気の才とやらが影響しているのなら合点がいく。

「……そんな才能、なんの役にも立たないではないですか」

どうせなら、朱道の役に立つ能力がほしかった。

こうやって強く美しい彼の隣に並んでも、遜色ない存在になれるような。

「そんなことはございません。惚気の才の真の力は――」

「待て」

医者が何かを言いかけたとき、朱道が厳かにそれを止める。

「それについては、今はまだいい。のちに俺から話す」

「おおせのままに」

医者が、朱道に向けて深々と頭を下げた。

「要するに、お前の高熱は病気が原因ではない、そういう体質だから、不安にならなくていいということだ。ただし今後は、体調が悪いときはすぐに言え」

「……分かりました」

粛々と答える里穂。

そのとき、あるひとつの懸念が頭をよぎった。

（朱道様が私のことを大事に思うようになったのも、惚気の才の影響なの？）

里穂は決して魅力的な女の子ではない。

こんな自分が本当に朱道の傍にいていいのか、ずっと思い悩んできた。それでも好意を示されるうちに少しずつ自信がついたが、今しがたの話で脆く崩れかけている。朱道が本当の意味で里穂を好きになったわけではなく、惚気の才に操られているだけなのだとしたら――

浮かない気持ちになっていると、朱道と目が合った。

「何か気にかかることでもあったか？」

「……いいえ」

尋ねても、彼は否定するだろう。

それが惚気の才の影響なのか、本心なのか、里穂には判別できない。

余計混乱する気がして、あえて聞かないことにした。

「そうか。では、これからどうする？　あやかしの男どもを、金輪際お前に近づかないよう脅そうか？」

「そんなことをされても、効果はございませぬ。近くにいなくても、惚気の才は向けられた想いを吸収しますから」

朱道の案を、医者はすげなく却下した。

朱道が、面白くなさそうな顔をする。

それから医者は、四角い鞄から、尖塔型の香炉と香を束ねたものを取り出した。

「毎夜、寝る前にこの邪玖羅の香を焚いてください。この香には、蓄積した人の想いを霧散させる作用がありますので」

「……分かりました。ありがとうございます」

里穂は香の道具を受け取る。

頭の中は、降って湧いた疑念でいっぱいになっていた。


すっかり体調のよくなった里穂は、再び学校に通い始めた。

長らく休んでいた理由は、流行り風邪ということにしてある。医者に貰った香が効いているのか、体調はすこぶるいい。だが気持ちの方は、いまだモヤモヤとしたままだった。

朱道は、相変わらず里穂にだけは甘すぎるほど甘い。

雪成や、子供達にまで冷たいのに、里穂を見ると人が変わったように表情が柔和になるのが見て取れる。

それほどまで愛されていることを、以前の里穂なら嬉しく思っただろう。

だが惚気の才の話を聞いてからは、優しくされればされるほど不安が募った。

（私はこの特異な才で、朱道様を翻弄しているだけなのかもしれない。私に出会わなければ、朱道様は別の方を選んでいたのかも……）

疑念は、日を経るにつれて悪い方へと傾いていった。

学校が休みの日、朝餉の席で、朱道にそんなことを言われた。

「今日は買い物にでも行くといい。そろそろ新しい着物が入用だろう？」

怪魚ときくらげの酢漬けに箸をつけていた里穂は、向かいに座る朱道を驚きの目で見る。

「とんでもございません。着物はこの間たくさん買っていただきました。あれで充分です」

御殿街道の仕立て屋であつらえた着物は二十着あまりもある。それをさらに買い足すなど、贅沢過ぎて恐れ多い。

「そうか?」

朱道は、目に見えてシュンとした。

「お前はいつも、学校に行くか、子守りをしているかのどちらかだろう? 年頃の娘らしく、たまには楽しい思いをさせてやりたいんだ」

「朱道様……」

朱道は誰からも崇(あが)められ、服従を誓われる絶対的な存在だ。それなのに里穂のこととなると、迷子の幼子のように狼狽(うろた)えることがある。そんなところが母性本能をくすぐってきて、とことんズルいと思う。

これ以上ないほど、好きになってしまうから。

彼の方は、惚気(のろけ)の才の影響で、理性を失っているだけなのに。

――こんなの、不平等だ。

「どうした? 元気がないな。お前はこの頃、俺といるときよくそんな顔をする」

朱道が席を立ち、里穂の隣に腰を下ろした。里穂の肩上までの髪をサラリと撫(な)でながら、赤い瞳を不安げに揺らめかせる。

「申し訳ございません、大したことではないのです」

「理由を話したくないなら、それでもいい。だが、俺はお前の喜びにも悲しみにも寄り添いたい。だからそのうち話してくれるか？　相手がお前ならいくらでも待てる」

朱道の心遣いに、里穂は泣きそうになった。

とてもではないが言葉にならず、黙って頷くと、朱道はより眼差しを穏やかにする。

里穂のことが、愛しくて愛しくて仕方がないといった表情だ。

本来なら、幸せに浸れる場面だろう。

だが今は、そんな彼の優しさが何よりもつらい。

優しくされればされるほど、これは彼の本音ではないのかもしれない、という思いが胸に刺さる。

あとに残るのは、行き場のない虚しさだけ。

「とにかくたまには買い物でもして、気分転換をするといい。それから――」

朱道が、里穂の体へと視線を移した。

里穂は今、白地に桜模様の着物を着ている。

前回仕立ててもらった着物の一枚で、袖を通すのは今回が初めてだ。

「俺の買ってやった着物を着て美しくなる姿を、もっと見せてくれ」

「そんな……」

里穂の頬がたちまち朱に染まっていく。

ここに来てからの里穂は、栄養のある食事のおかげか、以前より肉づきも肌艶もよくなった。紅を引かずとも唇は紅色に熟れていて、もともと白かった肌は透明感が増している。

だが、所詮はどうにか見られる程度。

以前の容姿がひど過ぎたため、際立って感じるだけだ。

なのに面と向かって褒められると、本心ではないと分かっていながらも、ときめかずにはいられない。

「お前は美しい。どんな仕草も、たまらなく」

恥じらう里穂の耳に唇を寄せ、朱道が物憂げに囁いた。

熱っぽい色を浮かべた赤い瞳が、じっと唇に注がれている。

（あ、また……）

一度唇を重ねて以来、気に入ったのか、朱道は時折口づけを求めてくるようになった。

彼が口づけをしたがっているときは、目つきがどろりと甘くなるため、分かりやすい。目を閉じると、すぐに触れるだけのキスが落ちてきた。

一度では足りないのか、二度三度とついばむように繰り返される。

「あの、お食事がまだ……」

呼吸ができず苦しくなった里穂は、キスの合間になんとか声を出した。

「――ああ、そうだったな」

物足りなかったのか、朱道は不服そうにしながらも、ようやく自分の席に戻っていく。だがもう食べ終えているらしく、そこからは食事を口に運ぶ里穂をじっと見つめてきた。

おかげで里穂は緊張してしまい、落ち着いて朝餉（あさげ）を食べることができなかった。

その日の昼過ぎ、里穂は御殿街道まで買い物に行くことになった。

今回は雪成だけでなく、朱道も一緒だ。

忙しい彼に申し訳なく、付き添わなくても大丈夫と何度も言ったのだが、朱道は断固として譲らなかった。

「は～、どうして主上も一緒なんですかね。せっかく里穂さんとふたりで出かけられると思ったのに台無しじゃないですか」

「何か言ったか？」

「いいえ！　何も言っておりません！」

朱道と雪成のとりとめのない会話を耳にしながら、不落不落が赤々と燃える御殿街道を行く。突然の帝のお出ましに、通りすがりのあやかし達は驚いたように立ち止まり、深々と頭を下げた。

玉ねぎ頭の呉服屋の女主人も、上機嫌に手揉みをしながら一行を出迎える。

「あらまあ、朱道様ではありませんか！　里穂様のお着物のお仕立てですか？」

「ああ。似合う反物を選んでやってくれ」

「あら、運がいいこと！　ちょうど里穂様にお似合いになりそうな反物を多く仕入れたところなんです。ささ、里穂様、どうぞこちらへ。どの反物がお肌に馴染むか、ひとつひとつ合わせてみましょうね。朱道様と雪成様は、その間お茶でもお飲みになってお待ちくださいな」

女主人にいそいそと肩を抱かれ、里穂だけが奥へと通された。

　女主人は、次から次へと反物をすすめてくる。里穂はなるべく買う数を減らそうとしたが、朱道の鶴の一声で、結局すすめられたすべてを買うことになった。

「朱道様。本当にいいのでしょうか……？」

「遠慮するな。俺を助けると思え」

「朱道様をお助けする……？」

「着飾ったお前を見ているだけで、俺は幸せな気持ちになれるんだ」

　顔を赤くして言う朱道。

　まるで伝染したかのように、里穂の顔も赤くなった。

「はいはい。みじめな気持ちになるから、そういうのはふたりきりのときにやってくださいよ。ていうか今回、僕必要でした？　いちゃついてるのを見せつけるために連れ出したんですか？　だったらひどすぎる！」

　向かい合う朱道と里穂の隣で、雪成が不貞腐（ふてくさ）れている。

「お前は、何かあったときの予備要員だ。ひとりよりはふたりの方が里穂を確実に守れるだろう？」

「あ～、もう！　主上は、とことんまで里穂さん至上主義なんですから！」

「俺の嫁になる女なのだから、当然だ」

再び、ふたりのやり取りが始まる。

結局、なんだかんだ言いながらも、このふたりは仲がいい。

言い合う姿からも、お互いを信頼しているのが伝わってくる。

幼い頃から一緒だったらしいから、いわば兄弟のような間柄なのだろう。

(そういえばこの店の近くでモジャと出会ったのよね)

ふたりの会話はなかなか終わらず、手持ち無沙汰になった里穂は入口に視線を巡らせ、そんなことを思い出した。

御殿で留守番しているモジャは、今頃子供達にたくさんかわいがられているだろう。

微笑ましい気持ちになりながら店の入口に行き、モジャを見つけた通りを眺める。

と、入口付近にいた女とぶつかりそうになった。

女は、紅色の着物を身に付け、緩やかに波打つ黒髪を腰のあたりまで垂らしていた。

顔立ちのはっきりとした、うっとりするほどの美人である。

思いがけない至近距離にたじろぐ里穂。

「ごめんなさい……!　よく見ていませんでした」

謝ったにもかかわらず、女は無言のまま眉間に皺を寄せている。

そして憎しみのこもった目で里穂を睨むと、忌々しげに言い放った。

「あなた、いったいどんな姑息な手を使ったの？　朱道様は私と恋仲だったのに卑怯だわ。私達、あれほど深く愛し合っていたのに……。この泥棒猫！　朱道様を返しなさいよ！」

目に涙を滲ませ、グスッと鼻をすすると、女は最後にもう一度里穂をきつく睨んでくるりと背を向けた。

紅色の着物の袖を翻しながら、カラコロと雪駄の音を響かせ、通りの向こうへと遠ざかっていく。

（今のは誰……？）

里穂は、まるで雷で打たれたような衝撃を受けた。

足が地面に縫い付けられたみたいに、その場から動けない。

女が放った言葉が、グワングワンと繰り返し頭の中で鳴り響いている。

（朱道様とあの方が恋仲だった……？）

ショックだった。

だけどそれ以上に、ああやっぱり、という諦めに似た気持ちの方が強かった。

朱道ほどの男だ。恋人がいない方がおかしい。

里穂の持つ特異な力のせいで、彼の心は錯乱し、恋人との仲を引き裂いてしまったのだ……。

胸がえぐられたような心地でいると、背中から声がした。

「姿が見えないと思ったら、こんなところにいたのか」

朱道の姿を目にしたとたん、無性に泣きたくなったが、里穂はどうにかこらえる。

「モジャと出会ったときのことを思い出して、通りを眺めていたのです。急にお傍を離れて申し訳ございません」

精いっぱい平静を装う里穂を、朱道は訝しげに見ていた。

「何かあったのか？　先ほど、女の声が聞こえたような気がしたが」

「大したことではありませんから。それより、新しい着物を買ってくださりありがとうございます」

「ああ」

わざとらしいほど明るく振る舞う里穂を、朱道は腑に落ちない顔で見つめていた。

それからの里穂は、前にも増して、悶々と過ごすようになる。

あからさまに笑顔が少なくなり、御殿にいるときは部屋にこもることが多くなった。

自分のような人間が、本当にこのままここに居座っていいのだろうか？

そんな思いが、何をしていても頭から離れなくて、里穂を苦しめる。

虐げられて生きてきた里穂は、もとより自己評価が低い。

朱道と仲を深めるにつれ、自信をつけつつあったが、元恋人だという女と出くわしてからは卑屈な性格に戻ってしまった。

今のままでは、朱道と元恋人があまりにも気の毒だ。

異能で朱道の心を独占している不届きな自分は、早々に出ていくべきだろう。

だが心は今でも彼に奪われており、本心では傍を離れたくない。

相反するふたつの想いに苦しめられ、どうするのが正解なのか判断がつかぬまま、月日だけが過ぎていった。

ある日、就寝前に朱道に部屋に呼ばれた。

　夜着に羽織を引っかけ、彼の部屋に行くと、朱道が上座で脇息に肘をつき、ひどく深刻な顔をしている。

「里穂」

　手招きをして、隣に座るよう指示された。

　今では彼に寄り添う資格など自分にはないと思い込んでいる里穂は、指示に従わず、距離をあけて向かいに座る。

　よそよそしい態度の里穂を、朱道は切なげに見ていた。

「御殿内に邪気を感じる。何か悪いことが起こる気がしてならないんだ。最近、妙なあやかしと接したか？」

「いえ、そのようなことはございません」

「だが、この頃お前の様子がおかしい。もしかすると、邪気が影響しているのかもしれない。思い当たる節があるなら何でも話せ」

「私がふさぎ込んでいるのは、邪気の影響などではなく……」

　つい口を滑らしてしまい、里穂は慌てて言葉を呑み込んだ。

「その理由とやらは、まだ俺には話せないのか？」

悲しげに問われ、胸の奥がぎゅっと疼く。

「それは……」

「何でも話してほしい。お前のことなら、俺はすべてを受け止める」

「朱道様……」

真摯な眼差しで懇願され、里穂はついに勇気を振り絞った。

「その、朱道様が、本当の意味で私のことを想ってくださっているのか不安で……」

「どういう意味だ?」

朱道が眉根を寄せる。彼の纏う空気が一気に張り詰めて、たじろいだものの、里穂はどうにか続けた。

「朱道様が私に好意を寄せてくださったのは、惚気の才の影響なのではないかと思うのです」

朱道が、驚いたように目を見開く。

まったく想像もしていなかった、という顔だ。

「ああ、そんなことか」

どこかホッとしたように呟くと、朱道は口の端を上げた。

「心配するな。俺にそんなものは効いていない」

「でもお医者様は、惚気の才には、あやかしの異性を惹きつける力があるとおっしゃっていました。朱道様もあやかしの異性ですから……」

「そのとおりだ。だがどうしてか、俺はそんなものの影響を受けてはいない。お前を好ましく思うようになったのは、人柄を知ったからだ。色恋とはそういうものだろう？」

自信たっぷりの口調で言われ、里穂は返す言葉をなくす。

朱道は立ち上がると、上座を離れ、里穂の前に胡坐を掻いた。

そして至近距離から真っすぐ里穂を見つめ、説き伏せるようにゆっくり言葉を繋ぐ。

「もっと詳しく言おうか？　俺はお前の慎ましさと、強さと、優しさに惚れた」

「……」

以前の里穂なら、朱道のその言葉で心躍らせていただろう。

だが今は、彼のどんな言葉も、うわべだけのものにしか聞こえない。

（私、どうしちゃったのかしら……？）

これほど真剣に想いを向けられて、嬉しいはずなのに、心は空虚だった。

とにかく彼から離れなければと、そればかり考えてしまう。

「納得したか？」

相変わらず表情の冴えない里穂を、朱道は慮るように言った。

里穂は呉服屋の前で会った女のことを尋ねようとしたが、寸前でやめた。

何を言われても、傷つく気がして怖かったのだ。

「……はい」

視線をさまよわせながらも、そう答えるに留める。

そんな里穂を、朱道はもの言いたげに見ていた。

「里穂」

帰り際、襖の前で呼び止められる。

「俺を信じてくれ」

絞り出したような声に一瞬心が揺れたが、朱道への疑念は晴れないままだった。

その日の夜も、布団の中で、里穂は延々と朱道のことを考えていた。

彼を信じたい。

そう強く思う自分がいる一方で、別の声が、みじめな自分に彼が惚れるわけがないと囁きかける。

惚気の才がなければ、すげなくあしらわれ、放り出されて、今頃は行く当てもなくどこかをさまよい続けていたに違いないと――

「ハア……」

なかなか眠れず、里穂は何度目か分からない寝返りを打った。

邪玖羅の香が立ち込めているせいか、今宵はひどく視界がぼやけている。どことなく意識も朦朧としていた。

ようやくうつらうつらし始めた頃に、静まり返った屋敷内から、里穂を呼ぶ声がした。

(行かなきゃ)

夢うつつのせいか、強くそう思った。

朦朧としつつ立ち上がり、音をたてないようにして部屋を離れる。

深夜の今、廊下には誰もいない。

音という音が夜の空気に吸収されてしまったように、屋敷全体がひっそりとしている。

里穂を呼ぶ声は、まだ続いていた。

声に導かれ、人気のない廊下を歩む。

視界は定まらず、まるで雲の上を歩いているみたいに足取りがおぼつかない。

辿り着いたのは、いつも子供達と過ごしているあの部屋だった。

声のする方に向かい、裸足(はだし)のまま、縁側から庭に下りる。

(行かなきゃ。早く行かなきゃ)

なぜか必死になりながら行き着いたのは、庭園の奥にある丸い池だった。

石橋がかかり、日中は錦鯉が優雅に泳いでいるそこは、今は静寂に包まれている。

膝(ひざ)を折り、深緑色の水面を覗き込んだ。

すると、風もないのに水がさざめいて、黒い影がもやもやと浮き上がった。

あの藤色の瞳をした髪の長い男が、水面に映る。

気づけば里穂は、まるで彼を求めるように、池に向かって手を伸ばしていた。

――そのとき。

爬虫類(はちゅうるい)のようなヒヤリとした感触が、手首に触れる。

水面に映る彼が、腕を伸ばして里穂の手首を捕らえたのだ。

驚く間もなかった。

水のさざめきとともに揺らぐ彼の顔が、妖しく微笑んだ。

「ようやく手に入れた、私の花嫁」

はっきりと耳に響いた声は、もはや幻聴とは思えなかった。

そのことに恐怖を感じる間もないまま、里穂は強い力で池の中に引きずり込まれたのである。

果てしない暗闇を、ズブズブと沈んでいく。

目を覚ましてすぐ、背筋が凍るほどの静けさに震えた。

風の音も、水の音も、呼吸の音すらしない。

何もかもが闇に溶けてしまったかのように無音である。

これほど静かな場所を、里穂は知らない。

途方もない不安に襲われながら瞼（まぶた）を押し上げると、まるであばら家のような、粗末な家の中にいた。

木目の壁は老朽化していて、ところどころが腐っている。

家具はほとんどなく寒々しい。格子戸には、あちらこちらが破れた障子紙。

里穂は、ゆっくりと体を起こす。

すると、向かいに置かれた姿見に自分が映った。

驚き、目を瞠(みは)る。

鏡の中の彼女は今、どういうわけか、袖や裾(すそ)がたっぷりとした白地の着物を着ていた。頭には、真っ白な綿帽子が被せられている。

まるで、婚礼の際に着る白無垢(しろむく)のようだ。

「目覚めたか」

後ろから声がして、ギクリと振り返った。

そこには、何度も幻覚で見たあの男がいた。

背中まで伸びた艶(つや)やかな黒髪、藤色の瞳、赤く色づいた薄い唇、そして頭部から突き出た二本の角。相変わらず、見ているだけで背筋がぞっとする、不気味な美しさを纏(まと)っている。

「祝言(しゅうげん)の最中なのに花嫁が眠っているものだから、寂しかったぞ」

「……何を言っているのですか？　そもそも、あなたは誰ですか？」

「私は、お前の運命の夫だ」

「……そんなわけがありません」

「三百年前、人間と花嫁契約を結んだのは私なのだからな」

どこかで聞いたような内容に、里穂はハッとなる。

「まさか、酒呑童子……？」

ご名答とでも言うように、男が妖しく微笑んだ。

酒呑童子は不死身と謳われていたが、先の戦で朱道に敗れ、命を落とした。朱道は念のため、その骸を呪枝山に封印した。――そう書物には書いてあったはずなのに。

「……どうして？　朱道様に倒されたはずでは……」

恐怖から、里穂はずるずると下がって彼との距離を広げようとした。

だがおかしなことに、いくら後退しても間合いは変わらない。

そもそも床に座っているというのに、ふわふわと宙を漂っているような奇妙な心地がする。世の常識が当てはまらない異空間にでもいるようだ。

朱道の名前を出したとたん、酒呑童子は忌々しげに眉をひそめた。

「あやつの力ごときでは私を殺すには不足だったらしい。何十年か体を癒したら、元通り動かせるようになったのだ。それにしても、どこまでも憎々しい小童だ。私を倒したと信じ込んでいたくせに、わざわざこの体を呪枝山に封印したのだからな。おかげで、妖術でお前をおびき寄せるのに時間を要した」

それから酒呑童子は、立て膝に頬杖をつき、嘲笑うように目を三日月に細める。

「私は弱い心を操ることを得手としている。弱り切ったお前の心の隙に入り込み、妖力でここまで連れてきたのだ。お前の心は特に弱いから、操るのも容易かった」

繰り返し彼の幻影を見たのは、そういう理由だったらしい。

どうして幻影について朱道に相談しなかったのだろう、と里穂は今更のように悔いる。

身震いしているうちに、ある考えに至った。

「……もしかして、朱道様の恋人とおっしゃっていた方も、あなたの差し金なのですか？」

「左様。お前と同じく、心に隙を持つ女を妖力で操ったのだ。あれを機に、お前の心は日増しに弱くなっていったな。実に愉快だったよ」

酒呑童子の言葉に、里穂は震撼する。

あの呉服屋の前で会った女は、敵ではなかった。

本当の敵は、弱い心を持つ自分自身だったのだ。

「あんな赤毛の小童なんかより、私の方がよほどいいぞ？　さあ、さっさと祝言を済ませようじゃないか」

「……なにを言っておられるのですか？」

よく見ると、里穂の前には三方が置かれ、大きさの異なる盃が三つ重ねられている。

隣には、酒らしき液体の入った提子が添えられていた。

まるで婚礼の道具のようで、背筋に怖気が立つ。

この男は、まともではない。

「――私はあなたとは結婚しません」

汚らわしいものを振り払うように乱暴に綿帽子を脱ぎ捨て、立ち上がる。

だが酒呑童子の瞳が鈍い光を放ったとたん、重力に押し戻されたかのごとく、ガクンと座り込んでしまった。手足が硬直し、身動きひとつとれなくなる。

「お前の意志など関係ない。これは、三百年前から決まっていたことなのだ」

「……どうして、私にこだわるのですか」

「お前が惚気の才を持っているからに決まっているだろう？　花嫁契約を結んだのも、捧げ物の花嫁の中に惚気の才を持つ者が現れると予見したからだったのに、横取りされるとは憤り甚だしい」

「惚気の才など、たまに熱を出すだけの役立たない力ではないですか」

　顔をしかめて反論する里穂。

　酒呑童子が、ほう、と小馬鹿にしたような声を出す。

「何も知らないのだな。あの小童は惚気の才の力についてお前に教えていないのか？」

「あやかしの異性を惹きつける力だと聞いています」

「それだけではない。惚気の才は、伴侶となり、交わった者に強い力を与える尊い異能だ。この世界を創造した初代の帝の嫁も、惚気の才を持っていたと伝えられている。この異能さえあれば、あの小童を退けて私はまた帝の地位に返り咲ける」

　底知れない腹黒さの滲む笑みを浮かべる酒呑童子。

「そんな……」

　初めて惚気の才の本当の力を知り、里穂は動揺する。

伴侶となり、交わった者に強い力を与える——だから以前、惚気の才について説明したとき、朱道は深くまで話さなかったのだ。

生々しい真実を、里穂に伝えたくなかったのだろう。

里穂のことを、本当に大事に思ってくれているから——

(ごめんなさい、朱道様……)

酒呑童子の妖力に操られていたとはいえ、彼の深い想いを受け入れることができなかった自分を、里穂は情けなく思った。

とにかく、今すぐに朱道に会いたい。

会って、心ゆくまで詫びたかった。

だが、酒呑童子の妖力に支配されている体は、思うように動かない。

(朱道様……!)

彼の顔を、心に思い浮かべる。

照れた顔、不安げな顔、ぎこちなく笑った顔——

どうしても、もう一度会いたい。

そう強く念じたとき、のしかかっていた重りが消えたように、硬直していた手足がピクリと動いた。

（今だ……！）

里穂は立ち上がると、格子戸に向かって一気に駆け出す。

弾みで三方が倒れ、盃と提子が板の間に転がった。

「ほう。自ら呪縛を解いたか」

逃亡されたというのに、酒呑童子の声はひどく落ち着いている。

どうにか辿り着くと、里穂は気の急くまま、スパンと大きく格子戸を開け放った。

だが、そこに広がる景色を目の当たりにして言葉を失う。

「何、これ……」

御殿街道まで買い物に行ったとき、酒呑童子の骸が封印された呪枝山を遠く眺めたことがある。暗澹たる黒さがあり不気味ではあったが、輪郭だけを見れば、なだらかな普通の山だった。

そのため里穂は、外に出れば、ありきたりな山道が広がっているとばかり思い込んでいた。

だが目の前には、ひたすら真っ黒なだけの空間が広がっている。

道はおろか、地面も空もない。

果てしない暗闇の中に、このあばら家だけがぽっかりと浮かんでいた。

「この場所はあやつの特異な妖力によって封じられている。まったくどうやってここまで強力な結界を張ったのか知らんが、この私の力をもってしても解けなかったのだ。お前ごときでは、どうあがいても外には出られない」

「そんな……」

絶望に打ちひしがれ、里穂はその場に腰から崩れ落ちた。

その隙に衣紋を掴まれ、後ろに強く引かれる。

冷たい床に体が擦れ、全身に痛みが走った。

「……いたいっ」

「大人しくしないお前が悪いのだろう？」

あっという間に組み伏せられ、冷え切った藤色の瞳に見下ろされる。

「悠長に盃を交わしている暇はないな。さっさと夫婦の契りを交わそう」

両手を頭上でひとまとめにされ、足を固定された。

動けないながらも必死に抵抗する里穂を、酒呑童子はさも愉快げに眺めている。

襟から覗く首筋に、べろりと舌が這わされた。

「いや……っ！」

全身に鳥肌が立ち、あまりの不快感に生理的な涙が溢れる。

「泣き喚いてもどうにもならぬぞ」

ククク、と喉を震わせ、酒呑童子が不気味に笑った。

そのとき。

ドンッという爆発音とともに、あばら屋が激しく揺れた。

ひとところにいられないほど板の間が振動し、土埃が立ち上り、天井から木くずがパラパラと降りそそぐ。

巨大な落雷でも落ちたかのように暗闇の中に閃光が弾け、鼓膜を揺るがす破裂音が鳴り響いた。

――バンッ！

格子戸が吹き飛び、先ほどまでは真っ黒だった屋外に、木々の生い茂る山の景色が出現する。いたるところで炎が上がり、今にもあばら家に燃え移ろうとしていた。

「おや、意外と早かったな。これほどの結界を解くには、もっと時間がかかると思ったが」

酒呑童子が、歌うような口調で言った。

「里穂！」

聞きたくて仕方がなかった声を耳にして、里穂は必死に声の主を探す。

吹き飛んだ格子戸の向こうに、朱道が立っていた。

白目すら赤くなるほど目を真っ赤に染め、額にびっしり汗を掻き、肩で呼吸をしている。今にも倒れそうな彼を支えるように、雪成が付き添っていた。

酒呑童子を見るなり、雪成が汚物を目にしたような顔になる。

「あれほどの目に遭いながら生きていたとは……。ゴキブリ並みにしぶといですね」

「ハハハハ！」

酒呑童子が、耳障りな笑い声を響かせた。

「小童、ガタガタじゃないか！　無理して早急に結界を解いたのか。まあ、とにかく感謝しよう。これで私は晴れて自由の身なのだからな」

「それが狙いで、御殿にわざと妖気を残したのか。満足したなら早く里穂を返せ」

獣の唸りに似た声で朱道が言う。

クスクスと尾を引くように、嗤い続ける酒呑童子。

「返すわけがないだろう？　この女は、もとは私のものなのだから。横取りしたのはお前の方だ」

呆然としている里穂を、朱道に見せつけるように、酒呑童子がひしと抱き締めた。

「や……っ」

里穂は必死に抗うが、彼の体はビクともしない。

朱道が歯を食いしばり、燃え上がりそうなほど瞳を真っ赤にたぎらせた。

「雪成、里穂を頼む」

「まさか、そのお体で戦うつもりですかっ⁉　無理ですよっ！」

雪成が朱道を止めようとした直後、里穂を抱き締めていた酒呑童子の体が吹っ飛んだ。

朱道が、酒呑童子に向けて熱風を放ったのだ。

里穂だけをうまく避けた熱風は、たちまちあばら家に燃え移る。

諦め顔になった雪成は、素早く室内に入ると、里穂を連れて今にも燃え落ちそうなあばら家から脱出した。大木の陰に、ふたりで身を隠す。

「朱道様は里穂さんのこととなると、歯止めがきかないのです」

やれやれというように、肩を竦める雪成。

「そのうえ今回は酒呑童子が関わっていることだから、いつにも増して前が見えていないようですね」

あっという間にあばら家は焼失し、鬱蒼と生い茂る木々の中、向かい合う朱道と酒呑童子だけが残された。

「ああ、久しぶりの外だ。なんと清々しいのだろう」

酒呑童子が、両手を広げて大きく息を吸う。

「感謝するよ、帝殿。心ばかりの礼を受け取ってくれ」

酒呑童子がそう言った瞬間、天に閃光が弾け、あっと思ったときにはもう朱道の体に雷が落ちていた。

「朱道様……！」

信じられない光景を目の当たりにして、里穂はガタガタと震える。

だがすんでのところで躱したらしく、落雷によってなぎ倒された木々の間に、朱道は平然と立っていた。

「なんてことだ。骸同然となり長年封印されていたというのに、酒呑童子の妖力は衰えるどころか前よりも強大になっているじゃないですか。どうやったらあんなことになるんだ」

里穂の隣で、雪成が嘆くように言った。

それを皮切りに、ふたりの激しい闘いが始まった。

電光石火の攻撃の応酬で、辺りの木々はあっという間に焼け落ち、空が血の色に染まっていく。

結界を解く際に体力を消耗した朱道は、序盤は劣勢だった。

自身はあまり攻撃ができぬまま、酒呑童子の攻撃を躱すのに必死になっている。

里穂は手に汗握りながら彼の動きを目で追っていた。

だが時間の経過とともに、朱道の攻撃の数が増えていく。

そしてついに、酒呑童子を吹き飛ばし、地面に叩きつけることに成功する。

烈風によってあいた大穴に横たわった酒呑童子は、血まみれで、息をするのもやっとの様子だった。

「本当に……忌々しい小童だ……。私から……帝の地位だけでなく、運命の花嫁まで……奪おうというのか」

「運命の花嫁だと？　ふざけるな。誰が何と言おうと、里穂は俺の嫁だ」

「相変わらず威勢がいいな……。だが私はもう……あの女を手籠めにしたぞ。白い首筋に舌を這わせ、華奢で柔らかな体を味わい尽くした。……それでもよいというのか？」

血だらけの顔で、酒呑童子が下劣な笑みを浮かべる。

朱道が、怒りに呑まれそうな素振りを見せた。

酒呑童子はその隙を狙って飛び上がると、朱道の首を絞め上げる。

虫の息だったのは演技で、油断させて奇襲する謀略だったらしい。

（なんて卑怯なの……）

だが朱道は、酒呑童子の手首を掴み、引きちぎらんばかりの怪力で首から引き剥がした。

「うわあ……！」

酒呑童子の腕があり得ない方向にねじ曲がり、辺り一帯に血が迸る。

弱り切った酒呑童子の体を押さえ込みつつ、朱道が片手に天高く上る炎を燃え上がらせた。

「今度こそ死ぬがいい。百年かけて焼き払い、木っ端微塵の灰にすれば、さすがに復活も叶うまい」

かってないほど赤々と燃える炎を前にして、酒呑童子が顔面蒼白になる。

「……おい、ただの戯言だ！　そもそも惚気の才を持つ者と交わったのなら、私がお前にここまで追いつめられるわけがないだろう？」

慌てたように酒呑童子が取り繕っても、炎の勢いは弱まる気配がなかった。

怒りを通り越し無感情な朱道の目を見て、本気だと気づいたのだろう。

酒呑童子が、今度は無様に助けを乞い始める。

「頼む、助けてくれ……！　今後は絶対にこんな真似はせん！　大人しく封印されると誓おう……！」

長年あやかし界を牛耳ってきた男が、必死に命乞いしている姿は、見ているだけで哀れみを誘った。

「お願いだ……！」

だが朱道は、聞く耳を持たない。

それどころか、彼の鳩尾を勢いよく踏みつけ、掌で燃え盛る火柱を放つ体勢に入る。

怒りに支配され、彼は今、完全に我を忘れていた。

（朱道様……）

酒呑童子は悪いあやかしだ。

朱道の両親を残虐な方法で亡き者とし、悪政を敷いて人々に非道な行為を繰り返した。

灰にされて当然の男だ。

だが里穂は、朱道が心の底ではそれを望んでいないことを知っていた。

彼は先の戦のあと、己に誓ったのだ——もう二度と、殺生はしないと。

必死に助けを乞う酒呑童子を殺してしまえば、この先ずっと、前以上の悪夢にうなされるだろう。想像しただけで、里穂は耐えられなくなる。

——ところが。

里穂の心配をよそに、朱道は掌の炎を瞬く間に消した。

そして、瞳に正気の色を取り戻し、酒呑童子に厳かに告げる。

「俺はお前を殺さない。勘違いするなよ、お前のためではない。里穂のためだ。彼女を幸せにするために、俺はお前を生かす」

「朱道様……」

彼は今、自ら暴走を制御した。――里穂の、幸せのために。

自分のために朱道が変わってくれたと知って、里穂は泣きそうになる。

こんなにも自分を大事に思ってくれる人が、この世にいるなんて――

「今度こそ大人しく封印されると誓え」

「あ、ああ……。ち、誓うとも……」

息も絶え絶えに、酒呑童子が返事をする。

朱道は彼を踏みつけていた足をゆっくり離した。

「ああ、助かったよ……。お前が慈悲深い帝で本当によかった」

よろめきながら立ち上がると、酒呑童子は情けない笑顔を見せる。

だが次の瞬間、突如として現れた黒煙に、朱道は全身を包まれていた。

それは猛々しい黒龍に変化し、朱道の体にぐるぐると巻きつく。

肉体を締め付けるギシギシという音が、辺りに鳴り響いた。

「朱道様……！」

あまりの事態に我を忘れ、飛び出そうとした里穂の肩を、雪成が手で押さえる。

「だめです、行ってはなりません……！」

悔しそうに歯を食いしばっている雪成。

突発的に動き出そうとしていた里穂は、自分が行ったところでただの足手まといでしかないことを思い知る。

目に涙を滲(にじ)ませ、焦(あせ)る気持ちをおさえて、どうにかその場に留まった。

「く……っ！」

黒龍にぎゅうぎゅうと体を締め上げられ、朱道が苦しそうなうめき声を上げる。

先ほどまでの謙虚さはどこへやら、酒呑童子は横柄に腕を組んで、遠巻きにその様子を眺めていた。

「愚かだな。やはりお前に、帝は不向きだ。殺生をためらう者にこの世界は牛耳れぬ」

苦しむ朱道を見下すように、藤色の瞳が細められる。

ゴリッと骨が打ち砕かれる音がした。

朱道の叫び声が森中に響き渡り、里穂はとめどなく涙をこぼす。

（いやだ、いやだ……）

ひどいいびりに遭(あ)っても、みじめな思いをしても、これほど心の痛みを感じたことはない。

自分自身が痛めつけられるより、大事な彼が痛めつけられる方が、比べ物にならないほどにつらい。

彼の助けになれない、見ていることしかできない自分がうらめしい。

――『俺はお前のことを好ましく思っている』

いつか聞いた声が耳に蘇(よみがえ)る。

――『俺のような乱暴な男は、嫌か？』

誰よりも尊ばれるべき立場にいながら、不器用で、ときどき幼子のような弱さを見せる彼。

差し出された掌(てのひら)はいつも温かくて大きくて、頑(かたく)なだった里穂の心を溶かしてくれた。

こんな強い想いを自分が誰かに対して抱けるなど、出会う前は思いもしなかった。

彼が愛(いと)しくて愛(いと)しくて、どうにかなりそうだ。

（朱道様、この世の何よりもお慕いしております……）

熱い想いが膨れ上がり、里穂の胸の中で弾(はじ)けた。

その瞬間、体全体がふわりと温かな空気に包まれる。

ほどなくして、里穂の体から、直視できないほど眩しい光が幾重も放たれた。

「え、里穂さん……？」

金色の光を放つ里穂の姿に雪成がたじろぐ。

「いったい何が――」

里穂が放つ光はあっという間に周囲に広がり、薄闇の世界を明るく染めた。

朱道の体に巻き付いていた黒龍が、光に溶けるようにじわじわと消えていく。

締めつけから解放された朱道は、激しく咳き込みながらも、驚いたように里穂に目を向けた。

光の勢いは、止まる気配がない。

地面が、木々が、空が、輝かしい金色に染まっていく。

寒暖のないはずの世界が、ぽかぽかとした春のような陽気に包まれた。

「な、なんだこれは……。くそ、眩しい……！」

突然明るくなった視界に戸惑い、目を覆いながら酒呑童子が後ずさる。

それから薄目を開けて、里穂を睨みつけた。

「原因は、あの娘か……！」

里穂に向けて手を伸ばし、雷を放つ体勢に入る。

「里穂！」

酒呑童子の狙いに気づいた朱道が、地面を蹴り、里穂のもとに駆け寄った。

まばゆい光の中に迷わず飛び込み、彼女の体をきつく抱き締める。

だが酒呑童子の掌から、雷は放たれなかった。

「な、なぜだ……」

繰り返し試しても、同じことのようである。

「まさか……この光の中では妖術が使えないのか……？　何なんだ、これは……」

へなへなと地面に膝をつく酒呑童子。

先ほどまでの戦闘もたたって、かなり体力が削がれているようだ。

そのうえ異能も使えないとあっては、もはや完全に無気力状態だった。

「何だかよく分からないけど、そういうことみたいですね～。これなら僕でも役に立てそうだ」

いつの間にか背後に回っていた雪成が、懐から取り出した縄で酒呑童子の体をぐるぐる巻きにしていく。

妖力を封印され、動く気力も体力も失った酒呑童子は、なされるがまま黙って拘束されていた。

ようやく里穂の体から放たれる光が弱まった頃には、あやかし界はまるで真昼のような明るさに変貌していた。

霧が晴れ、空は金色に染まっている。

穏やかな風にさざめく木々、甘やかな花々とみずみずしい新緑の香り。

里穂自身も驚きながら、朱道の腕の中で、世界の変化を見守っていた。

鼻先をふわりと綿のようなものがかすめる。

上空を見れば、無数の雪がハラハラと舞い落ちていた。

ただし、人間界の雪のように冷たくはなく、肌の上に落ちると、優しい温もりを残して消えていく。

「――綺麗だな。この世界が、光に満ちる日が来るとは思わなかった」

里穂を抱き締めたまま、朱道も同じように空を見上げていた。

彼が無事なことに今更のように安堵しつつ、里穂は戸惑う。

「これはいったい、どういうことでしょう？　どうしてこんな……」

「おそらく、これが惚気の才の本当の力だ」

うっすらと微笑を浮かべ、朱道が里穂を見た。

「惚気の才には、愛する者が窮地に陥った際に救う力があると聞いている。伴侶にしたものに力を与えるというのはそういう意味らしい。まるで世界が、お前の愛に包まれているようだな」

大きな掌が、里穂の両頬をそっと包み込んだ。

「つまり俺は、お前に愛されているということで合っているか？」

嬉しそうに問われ、里穂はみるみる頬を上気させた。

はぐらかそうにも、朱道の眼差しは期待に満ちている。

里穂は彼から目を逸らさずにこくんと頷いた。

「はい、愛しています」

「そうか。嬉しいことを言ってくれる」

朱道は少年のように笑うと、逞しい体に、ますます強く里穂を閉じ込めた。

耳もとで、雪成には聞こえないよう「俺もお前を愛しているぞ」と囁かれる。

たまらないほどの幸せを感じて、里穂も素直に笑った。

彼の腕の中は、この世のどこよりも温かくて心が安らぐ。

「うわ、なんですかこれ。めちゃくちゃ綺麗じゃないですか」

初めての雪に、雪成が子供のようにはしゃいでいる。

「肌に当たったら溶けるんですね！　温かくて気持ちいい～！」

雪に夢中の雪成が、いちゃつくふたりへのツッコミを忘れているのをいいことに、朱道と里穂はいつまでも強く抱き合っていた。

里穂の体から放たれた光によって、およそ二日間、あやかし界は明るいままだった。

あやかし達は、突然の世界の変化に戸惑いつつも、大いに喜んだ。

御殿通りは太鼓や笛を奏でるあやかしで溢れ、立ち並ぶ店も大売出しで盛り上がる。

光饅頭なる記念菓子が店頭に並び、飛ぶように売れた。

老若男女が入り乱れて踊り明かし、お祭り騒ぎだ。

とりわけ、温かい不思議な雪は、子供達に大人気だった。

街中で笑い声が絶えず、あやかし界は温かな幸せに包まれた。

酒呑童子は、妖力を封じる紐に手足を拘束された状態で、再度呪枝山に封印された。

洞窟の奥深くに閉じ込められ、以前とは比べ物にならないほどの妖力を込めた結界を張り巡らされたらしい。

さすがに今度は、妖力だけで誰かに接触するようなことは無理そうだ。

先の見えない闇の中で、己（おのれ）のしでかした罪と永遠に向き合わねばならない。

酒呑童子との戦闘で受けた朱道の傷が癒（い）えるのを待って、朱道と里穂は、婚約の儀を交わす。

婚約の儀とは、半年後の結婚を確約するもので、この世界の習わしらしい。

宴（うたげ）の間（ま）で、紋付き袴（はかま）姿の朱道と、桜色の着物姿の里穂は、並んで盃（さかずき）を交わし合った。

雪成をはじめとしたこの世界の重鎮もずらりと参列していて、まるで婚礼のような厳粛（げんしゅく）な空気である。

おかげで里穂は終始緊張に震え、何度もヘマをしそうになった。

そしてその夜から、里穂は朱道と床をともにすることになる。

朱道の部屋に行くと、簾の向こうに、普段は一組しかない布団が今宵は二組並んでいた。

朱道はさっそく布団に入りくつろいでいるが、婚約の儀から続く緊張で、里穂はカチンコチンに固まっている。

布団の近くに正座して動けないまま、ずいぶん時間が経ってしまった。

「どうした？　寝ないのか？」

「あ、いえ……。寝ます」

里穂はぎくしゃくとした操り人形のような動きで、空いている方の布団に入り込んだ。

朱道の顔をまともに見ることができず、自ずと距離を取り、反対方向を向いてしまう。

「なんだ？　俺を避けているのか？」

不服そうな声が飛んできて、里穂は慌てて彼の方に向き直った。

「いえ、そういうわけではなく、緊張してしまって……」

「一晩中手を繋いで過ごしたこともあるのに、今更だろう？」

朱道が大人びた笑みを浮かべる。

たしかに、彼が悪夢にうなされているときは、里穂はいつもその手を握り締めて一夜を明かしていた。

そこで里穂はあることに気づく。

「そういえば、最近はよく眠れているようですね」

呪枝山から戻って以来、彼が悪夢にうなされている姿を見ていない。

「ああ、そうだな。お前のおかげだ」

「……私、何かしたでしょうか？」

すると朱道は手を伸ばし、里穂の頭を優しく撫でてくる。

「今までの俺は、怒りで自分を制御できなくなることがあった。その後悔から、悪夢を見るようになったんだ。だが花菱家にお前を助けに行ったとき、俺に呼びかけ、暴走しかけたところを止めてくれただろう？　あの経験があったから、酒呑童子に煽られても、自分で自分を抑えることができた。つまり、俺はお前のおかげで悪夢に勝ったんだ」

愛しげに見つめられ、嬉しくなって、里穂は心のままに微笑む。

「――私でも、朱道様のお役に立てたのですね」

「充分すぎるほどだ。お前みたいにできた嫁はいない」

肩上までの髪をさらりと撫で下ろされ、「来い」と甘い声で囁かれる。

「こんなに近くにいるのに離れているのは寂しい。頼むから傍に来てくれ」

お願いだ、と悲しげに言われたら里穂も行かないわけにいかない。

恥ずかしさを押し殺して彼の布団にいそいそと身を滑り込ませると、待ちかねたようにひしと抱き締められた。

「怖いか？」

「そういうわけではございません……。ただ初めてなもので、どうしたらいいのか分からないのです」

正直な想いを告白すると、安心させるように背中を撫でられる。

「大丈夫だ、祝言を挙げるまでは何もしない」

額に、優しい口づけが落ちてきた。

「……そうなのですか？　でも、その」

「どうした？」

急にもじもじする里穂を、朱道が不思議そうに見る。

「私とその、ま、交われば……朱道様は強い力を手に入れることができるのでしょう？」

真っ赤になりながら言うと、朱道の表情が固まった。

「そんな話、どこで聞いた？」

「酒呑童子が言っていました」

「あいつめ」

宙を睨みながら、忌々しげに舌打ちをする朱道。

「惚気の才の力は、そうやって得られるものではない。言っただろう？　愛する者が窮地に陥った際に救う力だと。お前の重荷になるかと思って、あえて話すことは避けていたが。あいつはおそらく、勘違いしていたのだろう。それか、ただの下衆野郎か」

それから朱道は、里穂の額にこつんと自分の額を合わせる。

「それにたとえそうだとしても、俺は急ぎたくはない。強い力になど興味はない。お前の方が大事だ」

「朱道様……」

里穂がそっと笑みを返すと、それを合図にしたかのように、唇が重なった。

ついばみ、こすりつけ、ゆっくりと味わわれる。

永遠に続くのではないかと思うほど、長い口づけだった。

深紅の瞳は焦がれるような熱情を孕（はら）んでいて、彼の強い想いがじりじりと胸に伝わってくる。

触れ合っているのは唇のはずなのに、まるで心が繋（つな）がっていくような感覚がした。

そしてその晩はきつく抱き合い、互いの温もりを感じながら眠りについたのである。

「そっか、正式に婚約したんだ！　よかったよかった！　里穂、本当におめでとう！」

翌日の放課後。

亜香里に婚約の儀を交わしたことを告げると、自分のことのように喜んでくれた。

「里穂は本当に苦労してきた子だから……。絶対幸せになるんだよ」

「うん。ありがとう、亜香里」

涙ぐむ亜香里を見て、いい親友を持ったとつくづく思う。

大好きな親友に、愛しい未来の旦那様。

卑屈に苛まれていた一年前の自分に、今の姿を見せてやりたい。

「さ、帰らなきゃ。朱道さん、もう迎えに来てるかもよ？」

「うん、そろそろ行くね。亜香里、また明日」

「じゃあね～」

手を振って亜香里に別れを告げ、鞄を手に教室を飛び出す。

すると、昇降口に差しかかったところで「おい」と呼び止められた。

振り返った先には、すっかり存在を忘れていた懐かしい顔。

「……煌？」

稔があやかし界の監獄に入れられ、麗奈が学校を辞めてから、彼の姿をめっきり見なくなっていた。

人目があるというのに、その表情はいつになく毒々しい。

「学校、来てたんだね」

は？　という風に、煌が顔をしかめる。

「何だよその言い方は。姉さんと同じように辞めればよかったと思ってるんだろ、この性悪女」

「別にそこまでは……」

「よくも俺の家を滅茶苦茶にしてくれたな。俺はお前に復讐するために、学校に残ることに決めたんだ。だけど母さんも姉さんも、お前に危害を加えるなと怯えてやがる。いったいどんな脅しをかけたんだよ？」

アイドル顔を台無しにするほど顔をしかめ、里穂に迫る煌。

拳を振り上げんばかりの勢いだ。

（私に危害を加えたら、お父様と同じように、煌も監獄に送られるかもしれない）

それはさすがに哀れに思う。

だから蝶子と麗奈は、里穂に近づかないよう、煌に忠告したのだろう。

だがこの様子では、彼は言うことを聞くつもりがないらしい。

このままにすると煌が痛い目をみてしまいそうなので、里穂は突き放す覚悟を決めた。

「おい、黙ってないでなんとか言えよ！」

「――触らないで」

掴(つか)まれた腕を、容赦なく振り払う。

今まで里穂がそんな態度を一度も取ったことがなかったからか、煌は見るからに驚いた顔をした。

「金輪際、私に触れないで。話しかけもしないで」

「――は？　ふざけんなよ」

「私だってあなたを恨んでいるのよ。何度も暴力を振るわれたし、靴を舐(な)めさせられたりもした。自分だけが被害者だと思わないで」

キッと彼を睨(にら)みつけ、迷いのない口調で言い切った。

生まれて初めて、煌に口答えした。

朱道に愛され、そして自分もまた彼を愛しているという自信が、里穂の心を揺るぎなきものにしてくれる。

胸がスッと晴れるような、新鮮な気持ちになった。

唖然としている煌をその場に残し、颯爽(さっそう)と立ち去る。

「な、なんだよあいつ。下僕のくせに俺に口答えするなんて……」

残された煌が、顔を真っ赤にし、生まれて初めて味わう奇妙な胸の高鳴りに戸惑っていたことなど、里穂は知る由もなかった。

昇降口から外に出ると、校門ではすでに朱道が待っていた。

藍染(あいぞ)めの着物をスラリと着こなす高い背丈に、いつどこにいても人目を引く、燃えるような赤い髪と赤い瞳。

里穂に気づくと、泣く子も黙るあやかしの帝は、普段の彼からは考えられないほど優しい目をした。

里穂も笑顔になると、自分を必要としてくれている愛(いと)しい許嫁(いいなずけ)のもとへと、一直線に駆(か)けていった。

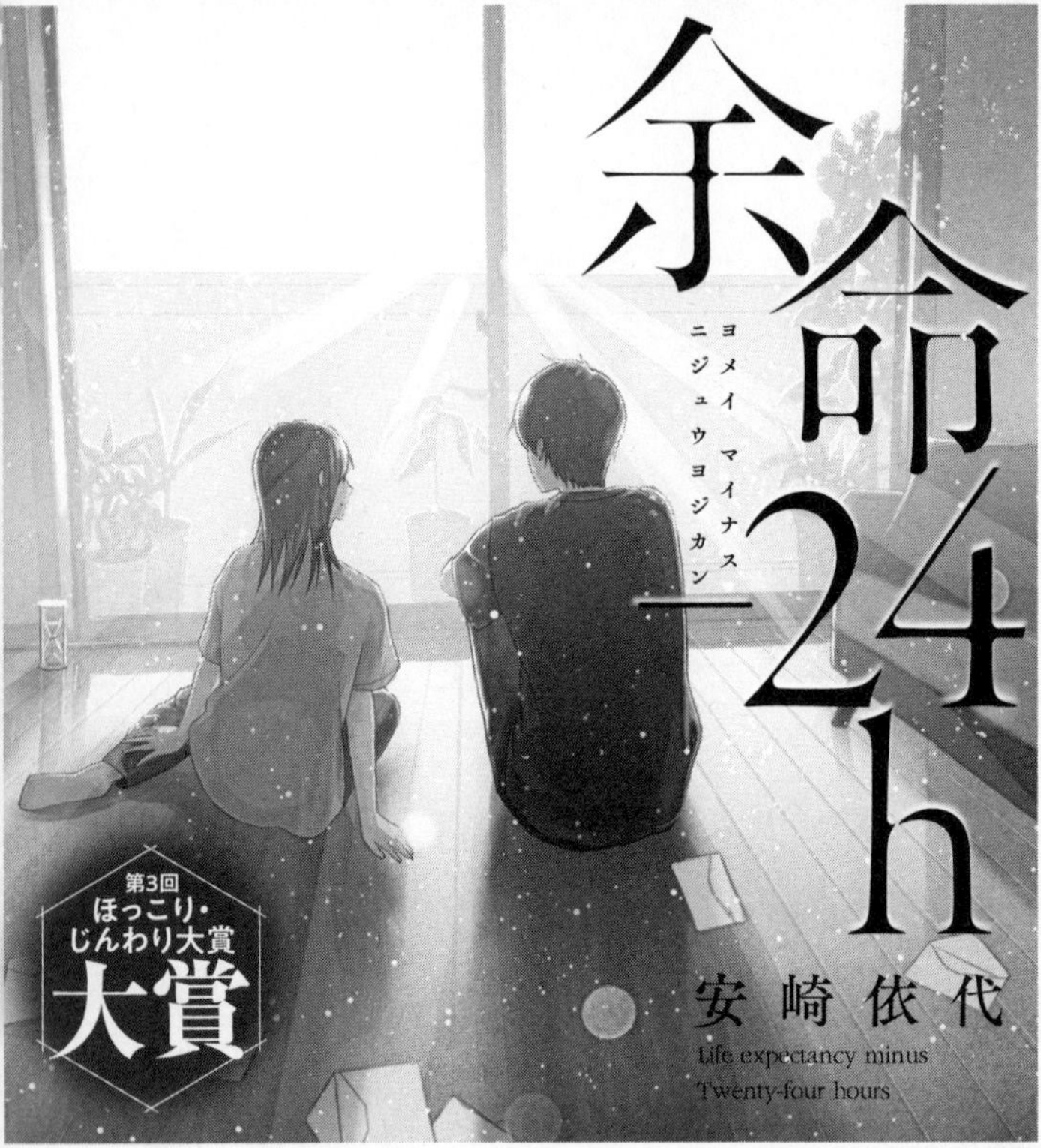
余命
ヨメイマイナスニジュウヨジカン
−24h
安崎依代
Life expectancy minus
Twenty-four hours
第3回
ほっこり・
じんわり大賞
大賞

安崎依代
余命−24h
全てが砂になる前に、
もう一度だけ
きみに会いたい。
大賞

全てが砂になる前に、
もう一度だけきみに会いたい。

『砂状病』、あるいは『失踪病』。発症すると体が崩れて砂となり、消え去ってしまうこの奇妙な病気には、とある都市伝説があった。それは、『体が崩れてから24時間の間、生前と変わらない姿で好きな場所に行き、好きな人に会える』というもの。残された最後の24時間で、大切な人にもう一度出会い命を燃やした人々の、切なく優しい物語。

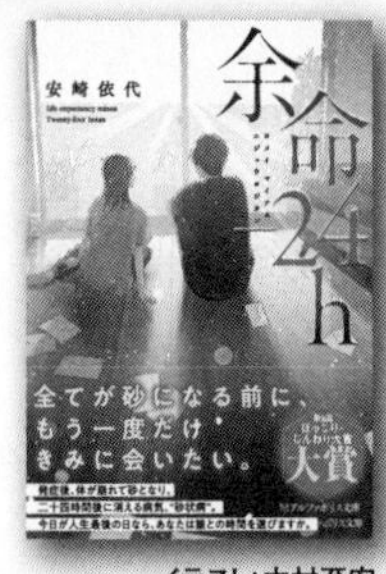

定価：726円（10%税込）　ISBN 978-4-434-29496-9

イラスト：中村至宏

この世界で僕だけが透明の色を知っている

糸鳥 四季乃

itou shikino

アルファポリス
第3回ライト文芸大賞
切ない別れ賞
受賞作品

どうか、消えないで——

儚くも温かいラストが胸を刺す
珠玉の青春ストーリー

桧山蓮はある日、幼なじみの茅部美晴が、教室の窓ガラスを割る場面を目撃する。驚いた蓮が声をかけると美晴は目に涙を浮かべて言った——私が見えるの？

彼女は、徐々に周りから認識されなくなる「透明病」を患っているらしい。蓮は美晴を救うため解決の糸口を探るが彼女の透明化は止まらない。絶望的な状況の中、蓮が出した答えとは……？

◉定価：726円（10％税込）　◉ISBN:978-4-434-28789-3　◉Illustration：さけハラス

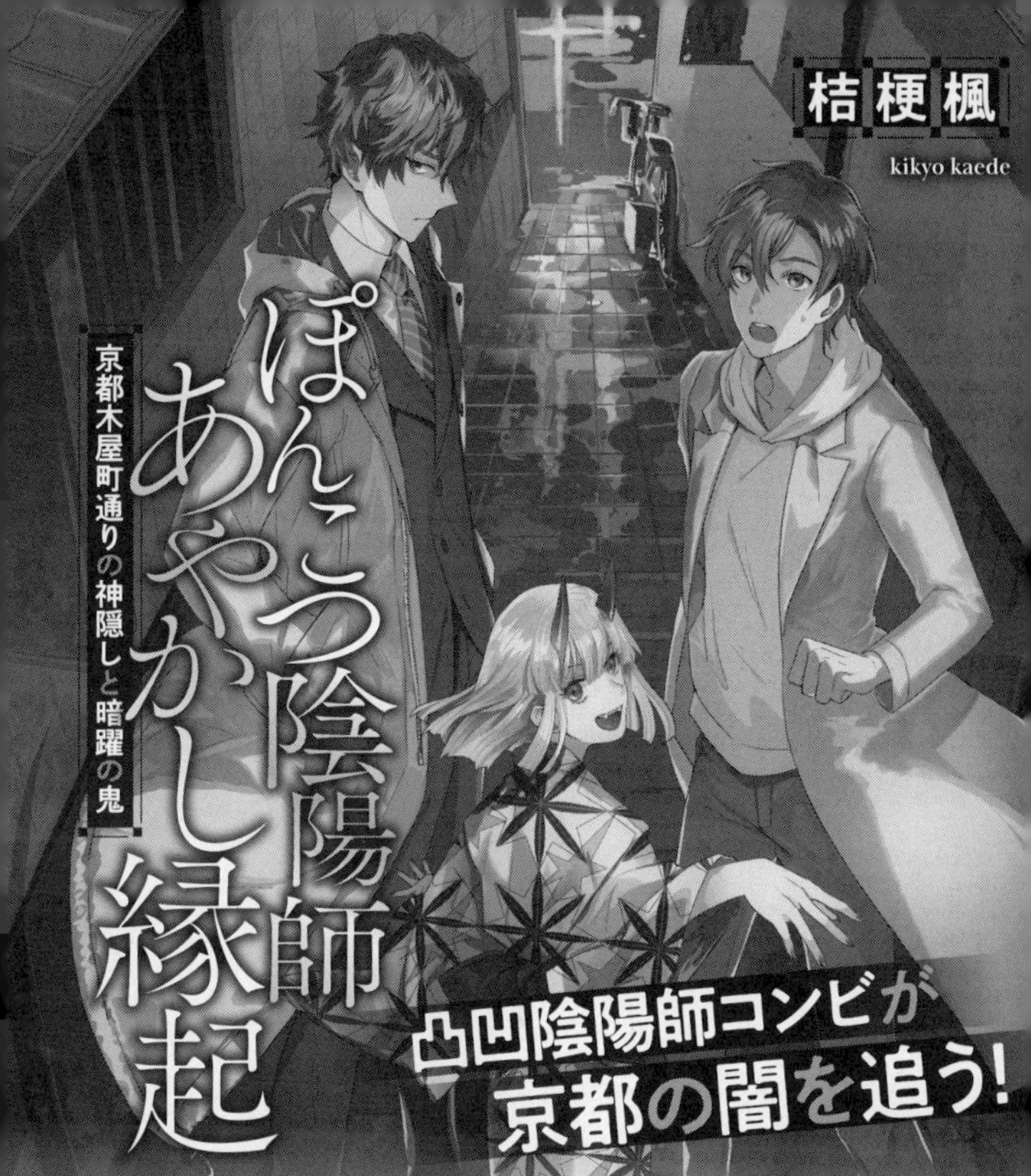

「俺は、話を聞いてやることしかできない、へっぽこ陰陽師だ——。」『陰陽師』など物語の中の存在に過ぎない、現代日本。駒田成喜は、陰陽師の家系に生まれながらも、ライターとして生活していた。そんなある日、取材旅行で訪れた京都で、巷を賑わせる連続行方不明事件に人外が関わっていることを知る。そして、成喜の唯一の使い魔である氷鬼や、偶然出会った地元の刑事にしてエリート陰陽師である鴨怜治と、事件解決に乗り出すのだが……

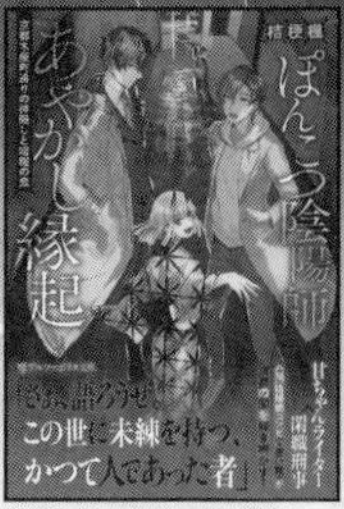

◉定価：726円（10%税込）　◉ISBN:978-4-434-28986-6

◉Illustration：くにみつ

あなたの失くした
思い出の欠片、
きっと見つかります

アルファポリス
第3回
ほっこり・じんわり大賞
涙じんわり賞
受賞作!!

**大切な思い出の品や、忘れていた記憶の欠片を探して――
鎌倉の『おもひで堂』には今日もワケあり客がやってくる。**

記憶を失くし鎌倉の街を彷徨っていた青年が辿り着いたのは、『おもひで堂』という名の雑貨店だった。美貌の店主・南雲景に引き取られた彼は、エイトという仮初めの名をもらい、店を手伝うようになる。初めて店番を任された日、エイトはワケありの女性客と出会う。彼女は「別れた恋人からもらうはずだった、思い出の指輪が欲しい」と、不可能に思える依頼をしてくる。困惑するエイトをよそに、南雲は二つ返事で引き受けるのだが、それにはある秘密が隠されていた――

◎定価：726円（10%税込）　◎ISBN 978-4-434-28790-9　◎illustration：烏羽雨

この作品に対する皆様のご意見・ご感想をお待ちしております。

おハガキ・お手紙は以下の宛先にお送りください。

【宛先】

〒150-6008 東京都渋谷区恵比寿 4-20-3 恵比寿ｶﾞｰﾃﾞﾝﾌﾟﾚｲｽﾀﾜｰ 8F
（株）アルファポリス　書籍感想係

メールフォームでのご意見・ご感想は右のＱＲコードから、
あるいは以下のワードで検索をかけてください。

ご感想はこちらから

アルファポリス文庫

あやかし鬼嫁婚姻譚（おによめこんいんたん） ～選（えら）ばれし生贄（いけにえ）の娘（むすめ）～

朧月（おぼろづき）あき

2021年 10月 25日初版発行
2022年 9月 30日３刷発行

編集－塙綾子
編集長－倉持真理
発行者－梶本雄介
発行所－株式会社アルファポリス
〒150-6008東京都渋谷区恵比寿4-20-3恵比寿ｶﾞｰﾃﾞﾝﾌﾟﾚｲｽﾀﾜｰ8F
TEL 03-6277-1601（営業） 03-6277-1602（編集）
URL https://www.alphapolis.co.jp/
発売元－株式会社星雲社（共同出版社・流通責任出版社）
〒112-0005東京都文京区水道1-3-30
TEL 03-3868-3275
装丁イラストーセカイメグル
装丁デザインー西村弘美
印刷－中央精版印刷株式会社

価格はカバーに表示されてあります。

落丁乱丁の場合はアルファポリスまでご連絡ください。

送料は小社負担でお取り替えします。


ISBN978-4-434-29495-2 C0193